L'esperimento di Hooke

ISBN 978-1-291-73101-9

All'amore per la Verità.

Robert Hooke - *Fisico, matematico e naturalista inglese (nato a Freshwater, isola di Wight, nel 1635 - morto a Londra nel 1703).*

*È stato membro autorevole della Royal Society (anno 1663), ma anche professore di geometria presso il Gresham College di Londra (anno 1665). Ideò diversi dispositivi legati alla misurazione del tempo. Nel 1660 enunciò la legge di proporzionalità tra deformazioni elastiche e sforzi, che prese poi il suo nome. La legge è anche alla base della teoria dell'elasticità lineare. Robert Hooke è stato il primo a ipotizzare fosse possibile determinare l'accelerazione gravitazione dallo studio del moto del pendolo.**

Premesse

So bene che potranno sembrarvi le solite precisazioni ed ovvietà, e magari avreste pure ragione, ma sono fermamente convinto sia essenziale mettere le cose in chiaro fin da subito: ogni riferimento a persone o fatti potrebbe non essere puramente casuale. Se è avvenuto il contrario, o solo parte dell'opposto di quest'ultimo, sono quasi sicuro di non averlo fatto consapevolmente. Non mi sento di poter garantire molto di più, onestamente, perché non sono affatto certo di riuscire a distinguere, sempre e nettamente, fra realtà e fantasia, specialmente se penso agli eventi che ho deciso di raccontarvi.

E quindi scriverò di getto, fissando nel tempo queste mie memorie, perse fra ricordi, sensazioni, sogni ed incubi; lo farò senza perdermi in ripensamenti e riletture critiche che, temo, potrebbero condizionarmi ulteriormente, alterando ancor di più una realtà già filtrata dalle mie impressioni e dalle mie paure.

Ci proverò, certamente, con la speranza di riuscire a portare dignitosamente a termine il compito del quale mi sto facendo volontariamente carico.

Ci sarà un momento nel quale forse arriverete a capirmi, ed allora sarete più indulgenti di quanto, immagino, non siate disposti ad essere adesso. Non vi biasimo di certo per questo, anche perché, almeno per me, sarà qualcosa di catartico (così spero) e liberatorio.

Credo di aver scelto nomi di fantasia (quando è capitato), per un luogo che esiste realmente, da qualche parte negli states, e nel quale hanno effettivamente avuto luogo gli eventi dei quali vi parlerò. Il quando, poi, non è troppo lontano dai giorni nostri.

Volendo essere davvero sinceri, non è detto che debba necessariamente trovarsi precisamente dove io l'ho collocato. Non perché la vicenda abbia comunque un senso compiuto, ovviamente. Non è affatto obbligatorio o vincolante e potreste benissimo immaginare il tutto come una delle possibili proiezioni di una probabile realtà. E che quindi potrebbe manifestarsi praticamente ovunque. Magari proprio dove vivete voi o qualche vostro conoscente. Ma questo l'ho capito solo diverso tempo dopo.

Non di meno, mi piace pensare il tutto esattamente dove "quel tutto" ha avuto inizio.

Di sicuro non ho alcuna intenzione di darvi altre utili informazioni in merito, almeno non così spudoratamente. Nessun ulteriore elemento che vi consenta di circoscrivere il contesto all'interno del quale si muoveranno i personaggi di questa commedia, di questa storia condivisa, nella quale si incrociano, e talvolta si scontrano, le loro singole vicende personali. Vicende minori, se vogliamo, ma, naturalmente, solo se rapportate al quadro complessivo, e quindi non in senso assoluto. E senza alcuna intenzione di sminuirne l'importanza: ci tenevo a precisare anche questo.

Proverò a raccontare una serie di avvenimenti, partendo proprio dai personaggi che li hanno vissuti in prima persona. Questo ci permetterà di conoscerli un po' meglio, naturalmente immersi all'interno della propria nicchia: li vedremo dall'esterno di un insieme di piccoli mondi fatti di personali fantasie, gioie, paure e psicosi; quelle che sono proprie di ciascuno di loro, di ciascuno di noi. Dimensione piccole piccole. Insignificanti o fantastiche? Non sta certo a me giudicare. Dipende sempre dal punto di vista di chi legge.

So benissimo che, alla fin fine, sarete voi a valutarne i risultati, ed immagino lo farete nella maniera che vi è propria, stabilendo se sono stato troppo inclemente, oppure decisamente e cinicamente onesto.

Sarebbe una pretesa assurda quella di voler riuscire a rappresentare tutto il campionario umano della comunità interessata. Ci mancherebbe altro: per descrivere davvero una giornata, tutto quello che succede, non basterebbe una vita intera.

Non penso di poter essere esaustivo, ma spero di essere riuscito a tracciarne i tratti essenziali. Più una bozza graffiata con una matita, che un affresco. Credo che questo possa rendere l'idea.

Troveremo magari delle figure familiari, analizzate con maggior o minore profondità, in ragione dell'importanza di ciascuno all'interno di quella porzione di cammino che siamo soliti chiamare Vita, e nella quale vari percorsi personali si incrociano, magari sovrapponendosi per un po', per proseguire insieme; perdersi e ritrovarsi, oppure divergere per sempre, anche all'infinito.

Una cosa è certa, nella nostra storia abbiamo un "cattivo". E lo è a proprio modo, certo. Questo, ci ripetono sempre, è fondamentale in ogni storia che ci mettiamo in testa di raccontare. Ma non è un problema, almeno per me, perché cerco di raccontare dei fatti accaduti realmente (o almeno ci provo).

Quanto cattivo, poi? Non saprei, ma di sicuro esistono persone decisamente migliori.

In ogni caso, mi rimetterò al vostro insindacabile giudizio, anche sotto questo aspetto, sperando di non aver scordato qualcuno, di non avergli negato lo spazio ed il tempo che avrebbe meritato sul nostro piccolo palcoscenico. Se è successo, sono certo di averlo fatto in maniera assolutamente involontaria. Me ne scuso fin da subito. Con tutti.

Un'ultima cosa, prima di iniziare: potrà sembrare davvero infantile, ma ho dedicato una canzone a ciascuno dei personaggi. Qualcosa che, attraverso la musica e le parole di grandi artisti, magari per l'inciso o per una semplice strofa, mi aiutasse a definirne più nitidamente i contorni dell'anima. O che potesse essere una plausibile colonna sonora esistenziale, valida per tutta la vita, o solo per una sua parte. Un pezzo o un suono che risvegliasse la mia memoria sulle persone ed i fatti che proverò a raccontare. Potete vederla come una chiave di lettura, se vi va, ma da ascoltare rigorosamente nella versione originale.

Da quel primo ascolto, non potrete più dimenticarli.

1

"Feel good, are you satisfied?
Do you feel like suicide (I think you should)
Is your conscience all right?
Does it plague you at night?
Do you feel good? ... feel good!"
("Death in two legs" - Queen, 1975)

Zac Monroe era comunemente ritenuto "liquido"

Era un personaggio che si adattava al contenitore. Ad ogni tipo di contenitore. Non faceva troppa differenza per lui. Per alcune persone questo è un pregio, per altre un po' meno. Sicuramente è una risorsa, anche discutibile, se vogliamo. Ciò non di meno, offre notevoli vantaggi nella complessa rete di rapporti che reggono l'intelligenza sociale condivisa.

Zac si adeguava al potere dominante, e non che non avesse preferenze. Si trattava solo di valutare quale livello di servilismo o connivenza potessero essere più produttivi e funzionali al proprio personale interesse, al raggiungimento dei propri scopi.

Se era il caso, state pur certi che tirava fuori delle belle unghie affilate, magari quando meno te lo potevi aspettare. Sapeva difendersi molto bene, e lo faceva solo se risultava veramente indispensabile, se era certo di avere un certo vantaggio. Era sicuramente più avvezzo all'utilizzo delle lusinghe, che delle armi intese in senso stretto. Non sembrava affatto aggressivo, e nemmeno poteva impressionare per l'importanza di un aspetto fisico tutt'altro che atletico: né grasso, né magro, con un'altezza ampiamente nella media e capelli biondi che, essendo in via di progressivo ed impietoso arretramento, cedevano campo ad una fronte progressivamente sempre più alta e spaziosa. Sempre sbarbato ed ordinato, mai una piega sugli abiti o un taglio di capelli solo appena fuori standard, era una di quelle persone che non si notano per strada, che passano quasi inosservate; una di quelle che non ricordi affatto di aver mai incrociato. Era un anonimo ultracinquantenne.

Attivissimo, ubiquitario, sembrava un'essenziale presenza affinché un evento, una ricorrenza, o anche un semplice incontro, avessero i crismi dell'universale validità.

Ma era solo un'impressione nella mente di pochi. Difatti le persone si abituano facilmente ad uno stato di cose, ed alla fine lo assumono come normale. Alcuni vanno oltre, considerando quella che vivono come l'unica situazione possibile ed accettabile, guardando in tralice chiunque osi eccepire.

Quando qualcosa è tanto radicata, ripetitiva ed assodata, anche sottolineare l'ovvio, specialmente se contrario alla comune opinione acritica, è assolutamente rivoluzionario. Quindi non sempre ben accetto. Chiamarla eresia sarebbe oggettivamente troppo, sebbene non ci ritroveremmo poi così distanti da una definizione calzante, sempre in relazione al contesto nel quale si sono svolti gli eventi descritti nelle pagine che seguiranno.

Ma non vorrei pensaste che Zac non avesse delle concrete potenzialità. No, ve lo assicuro, niente di più lontano dalla verità. Non commettiamo l'errore di confonderlo con un ladro di caramelle, uno di quelli che godono dell'impunità concessa ai "cattivi, ma non troppo". Zac aveva davvero dei numeri da giocare, e vorrei che fosse chiaro fin da subito.

Diciamo che non aveva mai permesso loro di svilupparsi in una maniera corretta e lineare, preferendo spendere male il proprio tempo, curandosi di ciò che alla fine è solo marginale. Come ben saprete, ci si accorge sempre troppo tardi di aver sbagliato direzione, e quasi sempre dopo che è stato superato, e da un bel pezzo, qualche bivio veramente importante. Uno di quelli davanti ai quali si deve scegliere davvero da che parte stare. Quello atteso da una vita, e che può realmente determinarne la valenza.

Zac, comunque, era una persona intelligente, furba, colta, a proprio modo. Ma, purtroppo e fondamentalmente, anche un cronico opportunista. Confondeva spesso il mezzo con il fine. E lo faceva di proposito, credo. Probabilmente perché ricavava un piacere immenso dall'equivoco in sé stesso, dal fatto che era sempre possibile trovare qualcuno disposto a condividere questo suo personalissimo ed obliquo approccio alle cose.

Era estremamente vanitoso, pieno di sé, ed aveva tanti amici quanti poteva permettersi di comprarne. Con i soldi, le lusinghe, o grazie ad una certa superiorità intellettuale, che non era però nobilitata da una apprezzabile onestà di fondo. Quel *di più* che avrebbe potuto renderla sinceramente invidiabile.

Vi prego di non commettere l'imperdonabile errore di crederlo una mosca bianca. Aveva degli amici sinceri e disinteressati, ma erano diversi quelli che gli somigliavano, e lo circondavano come vassalli del momento, pronti, in più di una circostanza, a raccoglierne le briciole o ad offrirgli una spalla. Era un sistema autoconservativo, articolato, perfettamente lubrificato. Un complesso di umani ingranaggi, che Zac gestiva con le sue veline e con una fitta rete di rapporti e complicità spesso involontarie.

Quasi tutti gli altri lo consideravano una brava persona, a volte anche un simpaticone. Uno che riusciva a far sorridere le persone. Ma credo che fosse dovuto al fatto che lo sorbivano a piccole dosi, come si fa con i cibi che non si riesce proprio ad evitare. Quelli che, dopo un attimo di piacere, restano indefinitamente sullo stomaco. Insomma, se la cavavano un po' per culo ed un po' per esperienza. Certo, non per tutti era così, ma si salvavano in pochissimi. Ciascuno sa di sé.

Zac si occupava principalmente della cronaca per un quotidiano locale, uno di quelli con una buona tiratura anche oltre la principale area di interesse. Credo fosse *The Gazette*, o qualcosa di simile. Svolgeva anche altri lavori, ricopriva altri ruoli, aveva altre cariche. Avrebbe potuto tranquillamente rinunciarvi, almeno ad alcune di esse. Magari solo per lasciare un po' di spazio anche agli altri, per permettergli di tirare su qualche dollaro extra.

Ma Zac voleva tutto, e non c'era spazio da concedere a chicchessia. Di certo non nel suo territorio.

Non che tutto quello che faceva fosse davvero importante, intrinsecamente intendo, ma spesso permetteva di ottenere una certa visibilità sociale. Quindi Zac preferiva gestire comunque la cosa, a volte in perdita, a volte sul conto della comunità.

No, non laceratevi nel dubbio, non ricordo con certezza per che testata lavorasse, ed alla fine non è poi così importante. Ma sono certo che ci starete ancora pensando, magari proprio in questo momento. Mi permetto di darvi un consiglio: lasciate perdere, perché il racconto può comunque mantenere la propria attinenza con i fatti, così come si svolsero esattamente. E poco importa se parliamo di qualche piccolo centro del Vermont, oppure della cittadina nella quale vivete attualmente. Dico davvero: non è affatto rilevante, almeno non per quanto attiene agli aspetti principali e più significativi della nostra piccola storia.

Come dicevo, il lavoro di Zac era quello del reporter, ed il suo campo di azione spaziava dalle cronache mortuarie alle partite di baseball. Da quella di cartello, a quella giocata sul campetto dietro casa. Riusciva a ritagliarsi sempre degli spazi sulle pagine locali, che le quattro righe trattassero di argomenti di una certa rilevanza, e quindi di interesse generale, o anche solo di qualche insignificante evento collegato a qualcuno del suo giro.

Che poi la notizia fosse gonfiata ad arte, arricchita di mille fronzoli assolutamente gratuiti, di poco interesse per chiunque non fosse direttamente coinvolto, non era una cosa che lo potesse preoccupare più di tanto. Amava la vetrina, e mirava ad accrescere la propria rete di compiacenze.

Lo faceva con disinvoltura, tanto era sicuro di trovare terreno fertile. Ed aveva santa ragione, come avrete già immaginato. Non c'è di che meravigliarsi, come ben sanno quelli che fra voi calcano il palcoscenico di questo mondo già da un po' di tempo.

Chi conosceva Zac, però, sapeva bene che le sue vene pulsavano per la politica. Principalmente quella locale (*pur sempre rispettabilissima ed irrinunciabile contingenza amministrativa*), perché poteva produrre un ritorno diretto ed immediato. L'amava a tal punto da diventare frenetico, tanto da saltellare leggermente sul posto, ogni qualvolta si prospettava qualcosa di interessante all'orizzonte. Dondolava eccitato, investito, quasi attraversato, verrebbe da dire, da una molteplicità di *tic* nervosi che lo rendevano decisamente singolare.

Quasi simpatico, a prima vista, e lo dico sinceramente. Ma chi lo conosceva per davvero, avendoci avuto a che fare in una qualche misura, lo avrebbe ritenuto accattivante come un serpente corallo che improvvisasse un *Limbo Rock*, giusto un attimo prima di finire la propria vittima con un mortale morso al polpaccio.

Anche nell'analisi politica (*ma forse anche in questo caso connotiamo con troppa bontà*), o nel riportare la semplice cronaca degli avvenimenti locali, era solito usare più metri e più misure. Alcune volte il grado di tolleranza ammesso, ossia la misura dell'accanimento critico che dovrebbe distinguere ogni buon cronista, era piuttosto blando, quasi imbarazzante. In altri casi, invece, dimostrava una poco compassionevole assenza di elasticità: affondava il colpo, come farebbe un chirurgo obbligato ad operare con un machete in pessime condizioni.

Sì, effettivamente non sarebbe facile dire che fosse super partes. Ma chi lo è a questo mondo? Non saprei dirlo. Zac non lo era di certo, e credo che a questo punto la cosa sia chiara per tutti. Come credo sia altrettanto limpido quanto fosse discutibile anche come reporter o corrispondente.

Magari anche solo come voce narrante. Si aveva sempre il dubbio che non raccontasse le cose per come stavano realmente. Ed alla fine era proprio così. Ma molti accettavano questo stato di cose. Credo perché si è sempre sollevati quando tutto viene dettagliato come auspicato. Quando ci si sente dire quello che fa più comodo, nel modo più congeniale fra quelli attesi.

Potreste trovare piuttosto indisponente, immagino, che non gli interessasse affatto l'aver posto un bel terrapieno fra quello che scriveva e la realtà dei fatti. Non era nemmeno turbato dal fatto che alcuni glielo rimproverassero in pubblico. Lo infastidiva un po', magari, ed allora accendeva l'ennesima sigaretta, consumata poi in maniera discontinua, nervosamente, più per necessità del gesto che della nicotina.

Ma in genere preferiva vendicarsi facendo terra bruciata intorno a chi osasse contraddirlo o muovere qualche appunto. Magari anche solo canzonarlo. In alcuni casi mostrava una invidiabile pazienza, bisogna riconoscerlo, e sapeva fare lunghi e calcolati giri, per poi collocarsi, non visto, alle spalle degli avversari.

Insomma, nel suo "fare il proprio interesse", aveva comunque delle simpatie, che lo portavano ad agire di conseguenza, anche quando si trattava del banale resoconto di fatti accaduti nella piccola comunità. Diciamo pure una semplicissima descrizione delle cose, limitata alla scarna oggettività: il minimo sindacale.

Si potrebbe dire che non ritenesse sempre degna di considerazione la *regola delle cinque W*, quella che è un po' il giuramento di Ippocrate per chi informa il mondo con le proprie cronache.

Potrebbe sembrare strano ma, in determinati luoghi, per determinate testate, con determinati personaggi, poter mistificare, tagliare, ricucire e confezionare notizie sartoriali, era più facile di quanto si possa pensare. Strano forse, specialmente ai tempi del web, quando le notizie, siano esse vere o false, si diffondono con una velocità media compresa fra quella del suono e quella della luce. Proprio strano, ma è così.

Ed il centro della nostra piccola cronaca è tutto qui: Zac era un cronista "liquido e sartoriale".

Era talmente avviluppato in questa spirale viziosa, da arrivare a causare e promuovere eventi funzionali agli articoli che aveva già in mente di scrivere, e che alle volte aveva già preparato con un certo anticipo. Aveva invertito il reale ordine cronologico degli avvenimenti, ritenendo fosse una cosa del tutto normale. Nulla di cui preoccuparsi, in fin dei conti. Del resto, cosa poteva mai esserci di tanto strano nel pensare ad un possibile pezzo da pubblicare, nel contribuire a generare l'evento che era già stato raccontato in un articolo pronto per la stampa, e nel compiacersi pure per il risultato finale?

Beh, che ci crediate o meno, quella insana routine sarebbe stata la causa della sua rovina, e di quella di molte altre persone. Non penserete per caso che ciò che facciamo, tutto quello che facciamo, non influisca sulla vita delle altre persone? Che non abbia delle conseguenze, specialmente quando si tenta di modificare quel flusso spontaneo degli avvenimenti che di solito chiamiamo *Realtà*?

Nel caso, cari amici, fareste bene a ricredervi. Fidatevi di me.

Ora che avete una blanda idea dell'articolata complessità del nostro interprete principale, uno che va ad occupare a pieno titolo lo spazio dedicato al "*cattivo*" (e, *come vi ho già detto, parliamo di una essenziale presenza in ogni storia che si rispetti)*, possiamo anche procedere con gli altri involontari attori di questa piccola storia.

2

"Well, life has a funny way of sneaking up on you,
when you think everything's okay and everything's going right.
And life has a funny way of helping you out,
when you think everything's gone wrong and everything blows up in your face"
("Ironic" – Allanise Morissette, 1995)

Rosemary Redgrave era felice, finalmente.

Aveva perso il conto degli orgasmi avuti dalla notte precedente. Ma più per modo di dire, che per altro. Non faceva più l'amore da tantissimo tempo, cosa che sarebbe parsa improbabile a buona parte delle persone che pensavano di conoscerla. Ancor di più il semplice mettersi a contare in certi frangenti, cosa che infatti non era di certo una delle sue priorità.

Era una trentacinquenne colta, piuttosto avvenente, con un bel viso ed un corpo sottile. Aveva un seno che si faceva notare, specialmente quando indossava quegli adorabili vestitini colorati che la trasformavano in un dono di primavera. Non era infrequente che le persone si voltassero a guardarla, e anche con un certo interesse.

Per questo motivo, e per la sua tendenza a sorridere a chiunque incontrasse, finiva sempre per essere considerata una donna *facile.* Niente di più lontano dalla realtà. Stava al centro delle fantasie sessuali di metà della popolazione maschile, e di una parte più ristretta, ma che a mettersi a contare ci si sorprenderebbe, di quella femminile. Le restanti credo la odiassero *d'ufficio,* non trovando niente di meglio da fare.

In ogni caso non esisteva persona che potesse vantarsi, a ragione, di esserci stato almeno a cena.

Come spesso accade in situazioni simili, era corteggiata in una maniera sgangherata e rumorosa, e quasi esclusivamente dalla componente peggiore dell'universo maschile che ruotava ai margini della comunità. In verità anche da una sua collega, ma Rosemary non se ne era mai accorta, credo. Oppure aveva semplicemente fatto finta di niente, profondamente convinta che l'amore resti tale in qualsiasi condizione.

Quelli che invece avrebbero avuto qualche possibilità di riuscita in un eventuale approccio, lasciavano colpevolmente correre il tempo in attesa delle migliori condizioni. Come ben saprete, le fortunate coincidenze sono più improbabili del più singolare fra gli allineamenti astrali. Specialmente in amore, quello che va oltre il semplice chimismo di una serata invitante, sotto un cielo stellato, dopo qualche drink di troppo.

Rosemary alla fine passava la maggior parte della propria vita da sola, divisa fra il lavoro di segretaria d'azienda e gli spostamenti in treno. Spendeva il proprio tempo libero fra i soliti film romantici visti migliaia di volte, sempre capaci di strapparle una lacrima, e gli scaffali pieni di libri dalle pagine consumate. Di tanto in tanto si concedeva qualche passeggiata all'aria aperta, ma solo quando la clemenza del tempo lo permetteva, e magari andava a trovare qualche persona, fra le pochissime che riteneva veramente interessanti.

Sporadiche le sue apparizioni sui *social* più alla moda. Li trovava essenzialmente noiosi e dispersivi, almeno per l'uso che pensava di poterne fare. Non sopportava la quasi totale assenza di contenuti, e non capiva l'interesse mostrato dai colleghi per questi nuovi sistemi di gestione delle relazioni personali. Erano però un *must*, se si desiderava comunicare con qualcuno. Del resto, si può restare nel mondo senza padroneggiare almeno un po' i mezzi di comunicazione più diffusi? No di certo, ed allora ci si arrischiava in quel mondo troppo veloce e confuso per essere realmente sincero.

Ogni volta che accedeva al proprio profilo aveva a che fare con una *home* piena di sfigati lamentosi e ripetitivi, privi della benché minima fantasia. Ma doveva districarsi anche fra le sparate delle vittime di qualche nuova e molto trendy isteria collettiva. Una qualsiasi, presa a caso fra le innumerevoli frottole complottiste a disposizione. Quelle che si diffondono viralmente, per colpa di troppi beoti affetti da condivisione compulsiva.

Per non parlare poi della bacheca zeppa di utenti che ci provavano spudoratamente, e non sempre con sufficiente eleganza. Alcuni li conosceva pure, solo che per strada raramente le sorridevano. Altri lo facevano, e allora le sembrava di sentire gelare il sangue nelle vene; stringeva involontariamente il bavero, come se ci fosse una qualche brezza pungente dalla quale difendersi.

Aveva la fondata convinzione che le persone finiscano col trasformarsi in qualcosa che non sono, specialmente quando si trovano al riparo dietro un display, celati dalla maschera offerta da un comodo profilo fittizio. Spesso non si riesce a capire quale, fra le tante immagini di noi che vengono proiettate all'esterno, sia quella reale. E questo un po' la spaventava, portandola a cercare di mantenere sempre una linea coerente con il proprio modo d'essere. In tutto quello che faceva. Una sorta di serena ed uniforme continuità.

Andando indietro nel tempo, cercando con appena minor superficialità nel suo passato, potrei anche arrivare a dire che quella della solitudine indotta fosse sempre stata una costante, un suo tratto caratteristico. La cosa, alla lunga, l'aveva certamente resa un po' troppo malinconica. Ma restava fondamentalmente fiduciosa nel futuro, sufficientemente sopra il livello di guardia di una pericolosa depressione. Vedeva il bicchiere sempre mezzo pieno, mai troppo vicino, forse, ma sempre e comunque mezzo pieno.

Si era modellata imparando a bastarsi, a prendere il meglio dalla vita, senza pretendere che qualcuno le risolvesse i problemi. Aveva capito che bisognava sorridere sempre, anche quando le cose non prendevano la direzione auspicata. Potrebbe non sembrare granché come arma di difesa, ma l'aiutava a non rinchiudersi in un vittimismo suicida, a non restare legata a vita ad un ansiolitico, silenzioso amico che, goccia dopo goccia, aiuta a concentrarsi sulle cose veramente importanti, ma che, con uguale distillata pazienza, corre il rischio di diventare troppo invadente e possessivo.

E così Rosemary aveva deciso di guardare al mondo con quel sorriso sempre aperto e sincero, con la linea di fuoco perennemente rivolta verso il futuro. Un futuro inseguito senza fretta, ma con il dichiarato proposito di non perderlo mai di vista.

Lo aveva fatto durante la High School e poi a Yale, quando andò via da casa, quando perse i genitori, quando fu lasciata da quello che pensava fosse il vero grande amore, ed invece alla lunga si era dimostrato molto distante dalla minima decenza.

Joe Travis, ossia l'ex fidanzato di Rosemary, era sempre stato una frana, anche nell'intimità. Una volta a letto continuava ad essere fragile ed inconcludente come nel resto della propria vita. Che poi, di quest'ultima, ne aveva immolato una buona metà sull'altare della marijuana e di ogni altro tipo di droga leggera. Forse per riuscire a darsi un tono in un contesto che evidentemente non gli andava a genio, ma soprattutto per superare quelle paure che lo avevano già irrimediabilmente battuto. Questo perché non era mai stato a proprio agio, nemmeno con sé stesso.

Regalarsi una gioia fittizia, offuscare la mente, far arrossire gli occhi, e magari assumere un'espressione confusa alla Kurt Cobain, gli parevano, nell'insieme, l'unica soluzione logica, l'unico modo per accettare la sbobba che il mondo somministrava tutti i santi giorni.

Era arrivato al fondo, da diverso tempo, ma non se ne era mai reso conto. Forse per questo non aveva mai accettato la mano tesagli da Rosemary, che alla fine lo aveva piantato, cambiando lavoro, città e stato, con la dichiarata intenzione di porre il maggior numero possibile di chilometri fra il passato ed ogni possibile futuro.

Questo perché il bicchiere di Joe era sempre stato lontano e mezzo vuoto, senza alcuna possibilità di cambiare la propria condizione.

Il presente di Rosemary, da allora, da quando aveva interrotto quel sottile filo che la legava ancora al proprio passato, era basato sul semplice vivere una vita proiettata in avanti. Una vita che scorreva come un treno nemmeno troppo rumoroso, in fuga attraverso le immense pianure americane. Distese apparentemente immutabili, quasi infinite, ma capaci di regalarle, di tanto in tanto, qualche scorcio affascinante, qualcosa che potesse ancora trasmetterle intense emozioni. Qualcosa che valesse la pena seguire, almeno con gli occhi, finché non spariva, inevitabilmente, confondendosi con lo sfondo, subendo la distorsione creata dalla curvatura del vetro. Lo vedeva arrivare, lentamente, indipendentemente dalla velocità alla quale si trovava a viaggiare, e quando era finalmente davanti ai suoi occhi, quando diventava il presente che sembrava non realizzarsi mai, sfuggiva in un battito di ciglia, costringendola a dolorosi inseguimenti lungo la coda dell'occhio. Per Rosemary era come un effetto doppler che si interrompeva quando immagini e suoni scomparivano dalla sua visuale. Ed alla fine restava solo un ricordo. Un flash progressivamente sempre più confuso ed incerto, gustato per un solo breve attimo.

Ogni tanto ci vedeva il proprio riflesso sopra su quel vetro. Specialmente quando pioveva sulla sua esistenza. I capelli biondi raccolti in una lunga coda, con solo qualche ciuffo che era sfuggito per andare rifugiarsi ai lati del viso, senza mai arrivare a coprire i suoi occhi verdi come l'erba bagnata. Ma non era possibile distinguerne il colore, perché quel vetro non poteva mostrare tutto per ciò che realmente era.

Il treno andava sempre avanti, prevedendo solo poche fermate, non tutte significative e memorabili, in verità. Ma credo che la cosa sia valida un po' per tutti.

Poi, all'improvviso, come il sole che sbuca poco dopo una pioggia che non accennava a chetarsi, la sua serena, sorridente ed ordinata solitudine era stata violata: nella sua vita era comparso Kevin. Era un carpentiere con il fisico da copertina di *Men's Healt.* Aveva preso casa a dirimpetto della sua villetta. Ma non solo, perché Kevin era andato oltre. Le aveva preso i pensieri, divenendo poi il centro dei sogni e dei desideri, fino ad averla completamente, non solo in senso platonico.

Lei lo aveva osservato spesso, e quando tornava dal lavoro faceva sempre in modo di incrociarlo. Non era certo rimasta indifferente al suo bell'aspetto, al sorriso bianchissimo ed ai modi gentili. Quando incrociavano lo sguardo lui le sorrideva davvero.

Prima un caffè, poi due, una passeggiata, due risate, la cena, le chiacchiere. Kevin aveva tante cose da raccontare, con una voce che le sembrava calda e profonda come venisse dal cono di un vulcano che ribolle lentamente, ma che alla fine non esploderà mai per fare del male. Mille avventure attraverso gli states, la scelta di lasciare Harvard per girare con la sua moto. Cambiare lavoro di tanto in tanto, conoscere il mondo senza incatenarsi con pregiudizi di sorta, senza avere una meta prestabilita. Con in mente solo un semplice progetto di libertà.

Fra loro le cose seguirono il corso naturale degli eventi, con grande dispiacere di metà della popolazione maschile, altrettanta di quella femminile, e con un briciolo di perniciosa e generalizzata invidia da parte di tutti.

Kevin si era dimostrato all'altezza delle più rosee aspettative di Rosemary, e quella notte era stata degna del tabasco troppo piccante con il quale avevano finito per condire quasi tutto, per poi annaffiarlo con qualche Bud ghiacciata.

Era estasiata perché al risveglio avevano chiuso il cerchio, più o meno come avevano iniziato a disegnarlo la sera precedente. Fecero l'amore fino a sfiancarsi, senza uscire di casa, facendo compiere alla terra un'altra rotazione completa su sé stessa. Incuranti della fame, di quanto stesse avvenendo nel mondo che li circondava e che avevano chiuso fuori dalla porta. Almeno per un po': non c'era spazio per nessun altro.

Rosemary era stanca morta, sfinita, ma assolutamente felice. Finalmente felice. Continuava a guardare il cielo del mattino attraverso le finestrelle del suo villino in legno. Le sembrava di sentire tintinnare leggermente gli anelli dell'amaca che univa i soli due alberi del piccolo giardino. Doveva esserci un po' di vento, ed infatti le poche nuvole correvano piuttosto veloci.

Aveva deciso di spostare di tutti gli impegni del giorno, quelli che aveva dimenticato, quelli che avrebbe dovuto onorare e quelli che era solita creare per far passare il tempo, ma solo quando aveva bisogno di tenersi occupata. Aveva anche gettato la sveglia da qualche parte, dopo averla disattivata.

Guardava il suo amante dormirle accanto, la sua enorme massa muscolare finalmente a riposo, i tatuaggi dal tratto sottile, che ne sottolineavano le origini africane. E sorrise.

Poco dopo sentì squillare il telefono, e si alzò a malincuore per rispondere. Quel dannato trillo non accennava a smettere.

3

"Well your honor, i do believe I'd be better off dead
And if you can take a man's life for the thoughts that's in his head
Then won't you sit back in that chair
and think it over judge one more time
And let 'em shave off my hair and put me on that killin' line"
("Johnny 99" - Bruce Springsteen, 1982)

Jules Cornelius Copeland, (*J.C., se preferite*) beveva troppo. Lo sapevano tutti, e nessuno ci faceva più troppo caso.

Era un tipo davvero strano, un po' come il nome che si portava incollato addosso da cinquantadue anni.

Aveva anche pensato di cambiarlo, pur correndo il rischio di perdere ancora più facilmente la coscienza di sé stesso, tanto da non riuscire più a ritrovarsi. Non che avesse mai davvero considerato le cose da questo punto di vista, intendiamoci. Più probabilmente si era semplicemente dimenticato di avere avuto quella precisa intenzione, restando sospeso fra due incompiute: la cosa che stava facendo, e quella che nel mentre aveva avuto intenzione di fare.

Dovendo scegliere, io propenderei per quest'ultima possibilità. Del resto era sempre troppo ubriaco per potersi recare presso gli uffici preposti, negli orari previsti. E questo valeva per qualsiasi altra cosa riguardasse la sua vita. Se ci fosse una Bibbia in giro, ci giurerei sopra senza indugi. Poco ma sicuro, perché le cose stavano proprio così.

J.C. non aveva più sufficiente perseveranza per risolvere problematiche di alcun tipo. Se mai ne aveva avuta una, ovviamente. E mi riferisco a quelle problematiche che potevano sembrare decisamente alla sua portata. Qualcosa come il lavarsi con una frequenza accettabile, ad esempio. Oppure ripulire una barba lunga e discontinua, che si presentava arruffata in alcune zone del viso, e rada, se non del tutto assente, in altre.

Nell'insieme non si poteva certo dire che avesse un aspetto piacevole. Non era affatto accattivante, specialmente quando i capelli gli restavano asimmetricamente incollati sulla nuca. Nessuno lo avrebbe voluto come vicino di casa

Che poi, alla fine, non sempre conviene fare tanto gli schizzinosi. Lo dico perché magari si finisce per ritrovarsi circondati da gente che martella di brutto sin dalle otto del mattino di una domenica qualsiasi, o che magari è talmente ottusa da scaricare la propria spazzatura vicino all'ingresso delle case altrui. Così, alla fine, anche J.C. non sarebbe sembrato poi tanto male e, ad onor del vero, una volta ripulito, sbarbato e reso stabilmente sobrio, lo si sarebbe potuto anche considerare come un *uomo passabile*. Questo nonostante la grave menomazione che aveva subito.

Per capire meglio, credo sia necessario fare qualche passo indietro, riavvolgendo il nastro della sua storia, sino al momento nel quale J.C. aveva lasciato la propria mano destra, parte dell'avambraccio e quello che restava della propria credibilità agli occhi del mondo, sul ripiano di una sega circolare, adoperata quando era troppo sbronzo per poter lavorare. Non sarebbe stato nemmeno in condizione di raccontare in due parole cosa avesse avuto in mente di fare. Non ci riuscì mai, per quel che ne so, almeno non in maniera esaustiva. Nemmeno negli anni che seguirono il terribile incidente che gli era costato il braccio destro.

Non avrebbe dovuto trovarsi in quel capannone: era stato licenziato quasi un anno prima, a causa tanto delle numerose assenze quanto delle condizioni nelle quali era solito presentarsi. Era stato anche diffidato dal rimetterci piede, in qualsiasi veste, o a qualsiasi titolo. Lui non aveva mai restituito le chiavi, e quella maledetta sera le aveva adoperate per accedere alla sala macchine. Metterle in funzione era cosa da poco, un gioco da ragazzi, anche per un ubriacone che si reggeva in piedi a malapena.

Dopo un primo momento di incredulo stupore, mentre guardava impotente gli ultimi involontari movimenti dell'arto reciso, quasi si fosse trattato semplicemente della coda persa da una lucertola, aveva cominciato a gridare. Lo aveva fatto con tutto il fiato che serbava ancora in corpo. Nel frattempo aveva continuato a spruzzare sangue dal moncherino ancora attaccato alla spalla destra, spargendolo tutto intorno come farebbe un pompiere con la manichetta diretta alla base di un incendio piuttosto esteso (*se non altro, la segatura avrebbe permesso di pulire per benino l'orrenda "scena del crimine"*).

I soccorritori erano riusciti comunque a salvarlo, proprio quando tutto sembrava oramai irrimediabilmente compromesso, dissolto, a causa dell'inarrestabile dissanguamento. Sempre ammesso che fosse realmente possibile distinguere il sangue dall'alcool, ovviamente. Di sicuro aveva sparso una buona quantità del proprio liquido vitale sul pavimento della segheria, finendo col perdere i sensi: ci aveva messo meno di un minuto.

Si sarebbe potuto dire che fosse stato baciato dalla fortuna, perché non tutti possono permettersi il lusso di raccontare di come sono stati strappati alla morte, proprio sul filo di lana, quando tutto sembrava perduto. Era stato proverbialmente preso per i capelli (*con tutto il coraggio che occorreva per stringere quei filacci oleosi*), e riportato, di peso, fra i vivi.

Ma per lui non era affatto così, non vedeva le cose dalla stessa angolazione. La fase calante della sua vita aveva ripreso ad estendersi indefinitamente proprio in quel frangente. Era caduto in una scarpata troppo ripida per la sua condizione umana. Risalire, senza un acrobatico quanto improbabile colpo di reni della sua fragile volontà, era praticamente impossibile. Senz'altro impensabile. Paradossalmente, sarebbe stato l'unico a non spendere un bicchiere sulla faccenda dello scampato pericolo. E questo la dice lunga su un sacco di cose.

Sapeva, in cuor suo, che non sarebbe più riuscito a venirne fuori, e questo non era in discussione. Di certo non ci sarebbe mai riuscito da solo, men che meno nelle normali condizioni con le quali affrontava la vita quotidiana, e per come tutti avevano imparato a conoscerlo.

Non più in grado di lavorare in maniera continuativa, poteva tenersi a galla solo grazie a qualche parente di buon cuore, ad un piccolo sostegno pubblico ed alla prodiga comunità battista. In questo modo venivano coperte le spese vive del sudicio bilocale di sua proprietà, ereditato solo grazie alla ferrea volontà della madre. Il padre, infatti, lo avrebbe tenuto (ben volentieri) il più lontano possibile dal resto della famiglia. Era così già quando J.C. era poco più che un ragazzino. Probabilmente perché credeva di aver intuito le poche qualità del figlio, così come tutti i guai nei quali si sarebbe andato a cacciare; nonostante l'innegabile lungimiranza, non aveva mai avuto alcun dubbio circa le proprie responsabilità a riguardo.

Il piccolo appartamento di J.C. era un luogo davvero triste, quasi come il linoleum color grigio-esausto che copriva il pavimento originale, e che finiva per fargli da giaciglio tutte le volte che doveva smaltire una sbornia. Ma non poteva davvero permettersi qualcosa di meglio. Il resto della miseria che gli restava in tasca, tolte le spese, lo investiva in alcool. J.C. non mangiava quasi mai, del resto.

Veniva aiutato, per sua grande fortuna, e non perché fosse un cittadino particolarmente meritevole, oppure un assiduo frequentatore della chiesa di quartiere. Tutto l'opposto: J.C. era solito bestemmiare, e, pur affermando con convinzione di non credere a nulla, dava la netta impressione di imprecare per paura. O solo perché credeva di aver finalmente trovato qualcuno con cui potersela prendere, ogni volta che ne avvertiva il bisogno; quando si sentiva troppo stanco e frustrato.

Quella povera donna della madre, invece, era sempre stata una fervida credente, una creatura sinceramente buona ed umile. La si sarebbe potuta davvero definire di "buona volontà". Nobile qualità, ma che, evidentemente, non risultò sufficiente per far ricredere il marito circa il nome da dare al figlio. Lei aveva sperato in qualcosa di leggermente più ortodosso, semplice, anche banale, in una certa qual misura. Uno di quelli con i quali poter convivere serenamente, alla faccia della secolare tradizione che imponeva di dare ai nipoti lo stesso nome dei nonni. Specialmente poi se il risultato è un irragionevole mescolone, così grottesco da condizionare l'esistenza di una persona.

Ronda Jackson, la madre di J.C., era stata il vero cuore pulsante del centro religioso. Sempre molto presente nel volontariato, nella gestione del coro e nell'organizzazione dei festeggiamenti per ogni rilevante ricorrenza presente sul calendario, lo aveva aiutato, sostenuto e sopportato, non solo materialmente, fintanto che era stata in vita. E tutto sommato riusciva a farlo anche alla memoria, sebbene la cosa sembrasse non bastare più. J.C., col passare degli anni, aveva permesso al proprio cuore di spegnersi, di lasciar correre avanti un mondo che così tante volte sembrava aver rallentato per aspettarlo, trovando sempre un motivo valido per giustificarlo, per concedergli un'altra chance. L'ennesima, nonostante disattendesse ogni parola data, nonostante tradisse ogni fiducia accordata, finendo poi per bruciare anche la più piccola occasione di rinascita che gli veniva offerta. Nonostante fosse così avaro di gratitudine nei confronti di chi lo circondava.

E lo faceva unicamente a causa di una irragionevole attrazione verso quella comoda realtà che l'alcool riusciva a disegnargli intorno. Come una sorta di irreale, grottesca e coreografica illusione.

Un mondo di immagini di variabile consistenza, e di incerta origine, che fluttuavano nell'etere. Alle volte sembravano staccarsi dal corpo delle persone con le quali parlava, o credeva di parlare, per compiere qualche giro, volteggiandogli sopra la testa. Si allontanavano sempre, immancabilmente, per non fare più ritorno. Spesso aveva la netta sensazione che quelle ombre ridessero di lui. E la cosa lo faceva sentire ancora più piccolo ed infelice.

Era arrivato a perdere la fidanzata, una brava figliola che lo aveva sopportato sin dai tempi del liceo, e che si era dimostrata disposta a tutto pur di aiutarlo. Di certo non a dividere il proprio uomo con l'ennesima ed irresistibile ultima bottiglia.

E così, un giorno, aveva smesso di aspettarlo, di pulire la casa, di perdonare gli errori, di ignorare le dimenticanze. Si era stancata della spontanea crudeltà di chi cerca sé stesso nel fondo del bicchiere, escludendo chi lo circonda. Sì, all'improvviso non era più possibile amarlo, e ne aveva preso atto.

Rimasto solo, J.C. Era riuscito a collezionare qualche avventura poco galante, pur ricordandone distintamente non più della metà. Inutile sottolineare come, delle poche esperienze nelle quali era rimasto coinvolto, nessuna fosse arrivata a termine con un minimo di dignità e decoro. Quello che sarebbe giusto aspettarsi da uno dei due protagonisti principali. In ogni caso non avrebbe potuto apprezzare il tutto con sufficiente lucidità, perché non era mai abbastanza presente da poter fissare qualcosa in una memoria progressivamente sempre più singhiozzante.

Da quel momento in poi fu il nulla assoluto, nessuna sincera interazione umana con il resto del mondo. Niente di veramente rilevante. Di certo la perdita della mano lo aveva reso ancora più solitario e burbero, amico unicamente del bourbon da megastore, il solo che potesse permettersi. E non che fosse davvero una gran compagnia.

J.C. si ostinava cocciutamente a bere e guidare, spesso nello stesso momento. Ed avrebbe dovuto evitare entrambe le cose, anche gestite separatamente, per tutta una serie di ragioni che dovrebbero oramai essere chiare per tutti.

Insisteva, nonostante gli avessero revocato la patente già alcuni anni prima. Era rimasto attivamente coinvolto in un incidente mortale. Guidava in stato di ebbrezza, e anche se non era il diretto responsabile, aveva avuto modo di soggiornare per un po' nelle celle dello stato. Aveva anche collezionato una infinità di piccole contestazioni, multe – mai onorate - e denunce.

Nonostante questo, senza che ci si possa sorprendere troppo, lo avrebbe rifatto anche quella maledetta mattina: si sarebbe messo al volante. Proprio la mattina che quel fastidioso dolore al petto si era ripresentato, facendolo barcollare pericolosamente. Lo tormentava da diversi giorni, ma mai con tanta forza ed arroganza.

Gli venne una dannata sete, se era mai davvero passata.

Si avvicinò alla piccola credenza in formica, per dare seguito alla febbrile ricerca di qualche bottiglia dimenticata, ma ancora utile. Ne trovò una con appena di fondo, un dito di un liquido piuttosto datato e torbido. Tracannò l'avanzo e prese le chiavi di un vecchio pick-up della Ford. Il trabiccolo stava in piedi solo grazie a rivetti e fil di ferro. Si trovavano sparsi un po' ovunque, finendo per frastagliare una superficie arrugginita e forellata che fungeva da carrozzeria. Un tempo doveva esser stata di un bel rosso brillante, bordata da strisce di lucente acciaio. Non restava molto di quella antica bellezza, svanita come tutto il resto, quello per cui avrebbe avuto senso vivere, o anche solo fermarsi per ricordare. Magari con un largo sorriso sulle labbra.

J.C., invece, aveva un unico fine: raggiungere in un modo o nell'altro lo store sulla *Main Street.*

Ottusamente credeva potesse essere l'unica soluzione per la sua sete. E non era minimamente sfiorato dal dubbio che quella dell'anima non potrà mai essere placata con qualcosa di materiale. Non di certo dall'alcool, che potrà solo confonderla, stiracchiarla, assottigliarla, straziandola per snervamento. Spostando i mali un po' più in là, facendoli coincidere con l'ennesima emicrania da post-sbornia.

Partì sgommando. Solo dopo aver conquistato con fatica una direzione stabile, procedette, ma senza alcuna certezza di riuscire a mantenerla.

Il petto gli faceva dannatamente male, ma non era ancora la sua ora. Non ancora.

4

"You used to laugh about
Everybody that was hangin' out
Now you don't talk so loud
Now you don't seem so proud"
("Like a rolling stone" - Bob Dylan, 1965)

Marianne Hightower sapeva tutto di tutti.

Dire che fosse la memoria storica della cittadina sarebbe probabilmente un'esagerazione, ma era sicuramente un'autorità riconosciuta nel campo dei pettegolezzi e delle mezze verità.

Era davvero una maestra nel diffonderle, e riusciva a dare l'impressione di voler sempre garantire anonimato e privacy delle persone che avevano avuto la sfortuna di aver attirato la sua morbosa curiosità.

Come sarebbe poi andata a finire, ossia l'epilogo al quale si sarebbe arrivati, rientra sicuramente fra i grandi classici del repertorio umano. Indifesi, persi fra le correnti del fiume di parole che Marianne riversava sugli interlocutori del momento, ed ovviamente ad insaputa degli interessati, fatti e persone sarebbero stati quartati, scomposti in mille piccoli pezzi, resi cibo irresistibile per le fameliche bocche di una intera comunità, che avrebbe finito per saziarsene con non poco piacere. Ed alla fine sarebbero stati risputati, trasformati in irriconoscibili frammenti permeati di una molto soggettiva oggettività.

Marianne aveva una memoria di ferro, e state certi che col passare del tempo i dettagli non perdevano affatto la loro nitidezza, ma semmai aumentavano di numero, e si arricchivano di sfaccettature, spesso torbide.

Nonostante fosse fondamentalmente bugiarda, non cambiava mai una versione dei fatti. La cosa le garantiva naturalmente una grande attendibilità. Oro colato, che le consentiva di tenersi stretto il suo nutrito pubblico *(con buona pace di Mark Twain)*. Le varie versioni dei suoi racconti venivano periodicamente lucidate come l'argenteria che amava sfoggiare, orgoglio e vanto, facendola risplendere dalle cristalliere poste in bella vista nel salotto buono. Questo costituiva tappa essenziale del suo tour obbligatorio, quello che garantiva l'onore di poter sorbire il famoso *Tè alla Hightower.*

La bevanda era un molto discutibile intruglio verde-marrone, generato con un po' d'acqua calda nella quale Marianne faceva sapientemente affondare una assortita varietà di rarissime foglioline essiccate, di colore incerto ed origine ignota. Alcune persone, alla fine, confermavano di sentirsi decisamente ritemprate e tonificate, per la gioia della padrona di casa.

Il tour prevedeva anche il superamento di un dedalo di piccoli corridoi creati fra tappeti orientali, e che mai da piede umano furono calpestati. Dovete sapere che solo il povero Red, che un tempo era stato il suo amatissimo cagnetto meticcio, aveva osato passare (*ed orinare*) su un pregiatissimo *Tabriz*, vincendo così un biglietto di sola andata per il canile pubblico (*Marianne, di tanto in tanto, versava qualche lacrima. Al solo pensarci le veniva da piangere: ci sono macchie che non si possono cancellare*).

Sotto una frangetta squadrata, dietro degli occhialini tondi e dalla montatura argentata, Marianne nascondeva degli occhietti vispi, in perenne movimento, pronti a catturare e memorizzare ogni gesto, spostamento o personaggio che potesse poi scatenarne la fantasia, lasciandola correre verso lidi inesplorati e quasi mai reali. Per questo così credibili per chi fosse disposto ad ascoltare.

Di gente pronta a prestare il proprio orecchio ad una malignità ne è pieno il mondo, come ben saprete. Probabilmente lo avrete anche sperimentato in prima persona, più di una volta. Nulla di strano, perché capita un po' a tutti, prima o poi, ed è una cosa quasi inevitabile. Al più, a seconda dei casi, potrà cambiare il lato del pettegolezzo dal quale poter vivere gli eventi. Ma, ad ogni modo, c'è sempre qualcuno pronto, disponibile ad ascoltare attentamente, specialmente se si tratta di poter rivalutare la propria insignificante esistenza sulla base degli errori e delle disgrazie altrui. E non che in realtà sia davvero qualcosa di insignificante, ovviamente, ma solo perché così viene spesso percepita, specialmente quando non si riesce, in alcun modo, a metabolizzare gli inevitabili insuccessi che segnano la strada di ciascuno di noi. È più comodo trovare una scusa, che una soluzione, il più delle volte.

Cinquanta anni ben portati, Marianne aveva un corpo rotondetto e roseo, anche se nei suoi *profili social* dava del filo da torcere alle migliori baywatcher *(che volete, qualcosa vorrà pur concessa alla civetteria, no?).* Lo portava in giro con passetti veloci e nervosi, come se le sue gambe fossero perennemente imbrigliate da gonne troppo strette, di quelle che incollano i ginocchi, l'uno all'altro, e finiscono con l'impedirne il naturale movimento.

Sembrava avere sempre una fottuta fretta, un importantissimo *qualcosa* da fare, in uno specialissimo *qualche posto.*

L'avreste potuta definire coriacea e decisa, almeno a prima vista. Aveva invece numerose fragilità, mai confessate, forse neppure a sé stessa. Di sicuro non aveva mai davvero superato gli effetti di una delle decisioni più importanti prese nella propria vita, e nota solo a pochissimi: non confermare i voti ed abbandonare il convento (*che se ne giovò, vedendo diminuire drasticamente le diatribe interne*). Era fuggita di nascosto, un giorno d'autunno, lasciandosi alle spalle delle sorelle ufficialmente molto costernate ed ancora oggi serenamente inconsolabili.

Aveva trovato un bravo ragazzo col quale condividere la propria vita. Dopo vent'anni di un matrimonio che non aveva portato figli, il marito se ne era andato per una emorragia cerebrale.

Colpito nel sonno, non ebbe nemmeno l'onore delle armi. Cosa che avrebbe certamente meritato, se non altro per la pazienza e l'abnegazione con le quali aveva sopportato, per ben quattro lustri, i fiumi di parole di una inesauribile Marianne. Affetta da una esagerata e rumorosa logorrea, gli aveva riversato addosso tutto il suo mondo di chiacchiere, trascinandolo senza più difese verso una dipendenza dalle pasticche per l'emicrania (*e relative problematiche cardiovascolari. Il farmaco era stato ritirato in gran fretta dal mercato*).

Marianne, irrimediabilmente ed esageratamente metodica, nonché fastidiosamente pignola, si alzava sempre di buon'ora. Sempre alla stessa ora, immancabilmente.

Come forse vi ho già detto, aveva sempre qualcosa di assolutamente improrogabile da fare: andare alla messa, pulire il prato, sistemare i capelli, preparare dei dolci per qualche riunione del centro femminile, del quale era membro di spicco ed irrinunciabile riferimento. E per tutto questo ci voleva del preziosissimo tempo. Il suo preziosissimo tempo.

Portava avanti, anche se un po' troppo a rilento, un suo *attesissimo* libro di cucina. Un lavoro che avrebbe riscritto il modo di pensare il lavoro davanti ai fornelli. Così almeno le piaceva pensare. In verità, il mondo continuava ad andare avanti senza traumi apparenti. Indifferente, e non saprei che altro termine usare in questo particolare contesto, ad ogni sua esternazione relativa ad una ennesima "prossima uscita".

In ogni caso, sempre e comunque, per Marianne tutto doveva svolgersi secondo un rituale benedetto da anni di convinta e vincente applicazione. Fu così anche quella mattina, che era iniziata esattamente come tutte quelle che l'avevano preceduta, ma non necessariamente a quelle che l'avrebbero seguita.

Dopo aver sistemato con precisione millimetrica tutto l'armamentario per la colazione, Marianne serrò con forza la fascia della vestaglia, abbinata con gusto certosino alla camicia da notte ed alle pantofole, facendo sporgere ancora di più i fianchi cicciottelli. Allisciò delle pieghe invisibili sul tessuto perfettamente stirato, si accertò dello stato dell'acconciatura, poi uscì nel portico per prendere il giornale. Non perse certo l'occasione per dare un ulteriore sguardo panoramico alla strada ed alle case circostanti, così da valutare eventuali cambiamenti intervenuti dopo l'ultima perlustrazione effettuata.

Marianne non faceva colazione senza avere il giornale sotto gli occhi. Non riteneva accettabile l'idea di essere colta impreparata riguardo le novità più importanti, gli avvenimenti più gettonati e discussi in città. Negli ultimi anni aveva anche imparato a ficcanasare nelle altrui realtà private, ma volontariamente denudate nel grande mondo digitale. Aveva comprato un notebook con connessione a banda larga, proprio per tenersi al passo con i tempi, comprendendo le enormi potenzialità che le comunità virtuali offrivano a chiunque volesse raccogliere e diffondere informazioni. Superfluo sottolineare come si potessero ottenere grandi risultati con sforzi davvero minimi. Riteneva la cosa assolutamente fantastica.

Come sempre, dopo una rapida scorsa agli articoli sulla prima pagina, passò a quelle centrali, quelle dei necrologi e degli annunci amorosi. Non che nel quotidiano ci fosse qualcosa di più curato. Leggeva attentamente, dispiacendosi per ogni dipartita, e valutando eventuali interessanti maschi "sul mercato".

Siete sorpresi? Perché mai dovreste? Marianne si sentiva ancora piuttosto *viva*, e non aveva di certo abbandonato l'idea di trovare un uomo che la sostenesse, che fosse capace di resistere, senza pericolosi cedimenti, agli esercizi divulgativi cui l'avrebbe sottoposto. Aveva già tutto in testa, tutto già definito nei minimi dettagli. Come sempre. Ma trovare l'uomo adatto a lei non era una cosa semplice, anche se i servizi di *dating* offrivano possibilità fino ad allora impensabili. Almeno sulla carta.

All'improvviso si fermò con lo sguardo su un necrologio che l'aveva lasciata di stucco, spiazzandola. Non poteva credere ai propri occhi.

Corse verso il telefono ed alzò la cornetta, che per la fretta per poco non le cadde per terra. Compose freneticamente un numero, dopo averlo cercato nella sua ordinatissima rubrica. Qualcuno rispose dall'altro capo del filo, nonostante fosse mattina presto, facendole finalmente riprendere un po' di fiato e colore.

Un fiume di parole quasi urlate esondarono pericolosamente dalla povera linea *voip*, investendo l'impreparata interlocutrice.

Era una delle sue vittime preferite.

5

"Boy, don't you worry... you'll find yourself.
Follow you heart and nothing else.
And you can do this if you try.
All I want for you my son,
Is to be satisfied"
("Simple Man" - Lynyrd Skynyrd, 1973)

Angus Petersen sembrava un vero vichingo.

Era esattamente come la classica figura incastonata nell'immaginario collettivo. Certo, gli mancavano il caratteristico e molto bellico copricapo dotato di corna, nonché il mantello in pelliccia, ma la sua immagine sembrava calzare perfettamente col modello universalmente condiviso. E poco importava che i vichinghi fossero in realtà dei pirati, e solo una minima parte del gruppo di popoli del quale facevano parte; ben lungi, quindi, dal coincidere con uno dei tanti stereotipi con i quali codifichiamo la realtà. E lo dico solo perché Angus era una persona buona, forse anche troppo. Mica per altro.

Era grande e grosso come un armadio a quattro ante, con lentiggini e lunghi capelli biondi a corredo. Forte come un toro, faceva il lavoro di tre persone, senza battere ciglio.

Figlio di Magnus Petersen e Hanna Soreland, una coppia di immigrati che da un trentennio gestiva il "*Grocery Store*" sulla *Main Street*, Angus era nato e cresciuto negli *states*. Si sentiva fondamentalmente americano, senza alcuna particolare nostalgia per la terra d'origine dei suoi, quella nella quale viveva il resto della sua famiglia. Di sicuro gli mancavano i nonni, con le loro storie incredibili, perse nei ricordi di quando, da bambino, era riuscito a trascorrerci insieme una bellissima estate. Perché, quando si è bambini, il tempo si dilata, e le storie, per quanto incredibili, sono sempre fantasticamente reali. Ma nient'altro, oltre questo, nulla di più, perché Angus era saldamente piantato, fino alle caviglie direi, nella amata terra a *stelle e strisce*. Diciamo che era cresciuto, e parecchio, mangiando costolette brunite sul barbecue, pollo fritto circondato da cialda finissima e crema di formaggio piccante. Ma anche annaffiando il tutto con birra americana, spillata al ritmo degli Skynyrd.

Angus aveva giocato a football durante tutti gli anni della scuola, sino al diploma. Ma non aveva mai vissuto la cosa con quell'entusiasmo che il suo innato talento avrebbe dovuto scatenare, e neppure aveva mai sognato un futuro da star del Super Bowl. Non aveva mai avuto nulla da spartire con quelli che vivevano per la palla ovale, e che erano pronti a tutto, pur di arrivare lontano. Aveva sempre sostenuto di voler giocare solo perché il coach era un buon cliente dei genitori, e che doveva ripeterselo ogni qualvolta era obbligato ad allenarsi, per non cedere alla tentazione di lasciar perdere, definitivamente. In realtà aveva deciso di farlo perché la cosa aveva un buon riscontro in termini di voti, specialmente una volta arrivati alla fine dell'anno scolastico e del campionato. E poi aveva sempre dato qualche punto in più, spesso anche quello decisivo, nelle graduatorie di gradimento stilate dalle ragazze. Angus aveva sempre pensato che iniziassero con l'innamorarsi dell'amore, estasiate dalle ricercate parole degli intellettuali, ma che poi finissero col cercare consolazione nel corpo degli atleti. La cosa non poteva certo dispiacergli, tutt'altro. Non aveva mai avuto alcuna intenzione di suonare la chitarra davanti al falò, proprio perché i poeti e i menestrelli chiudono quasi sempre la propria serata in solitudine, senza una bella ragazza da stringere fra le braccia. Il blues in minore è nato proprio così, all'improvviso, mentre tutti gli altri erano troppo impegnati nelle sfiziose occupazioni cui erano stati condotti dall'ottima atmosfera musicale. All'improvviso, sì, nel momento esatto nel quale l'artista si sente pervaso da una tristezza infinita. È esattamente così, ve lo assicuro. E se non lo è, ci si avvicina davvero parecchio.

Angus era invece un accanito tifoso dei Red Socks. E lo era diventato in una maniera decisamente singolare.

Dovete sapere che Annette Cunningam, ossia la sua pettoruta vicina di banco ai tempi del liceo, quella che lo distraeva continuamente con le sue profonde scollature, andava pazza per il baseball. Una sera, cercando di rimorchiarla, s'era spacciato per grande esperto del *diamante*, ed in particolare del team di Boston. Per sua fortuna aveva visto un documentario sui leggendari *calzini rossi*, proprio qualche sera prima. Forte dell'incoraggiante successo ottenuto, si vide costretto a documentarsi. Così aveva prima mutato la contingenza in discreto interesse, poi in una sfrenata ed imperitura passione. Passarono Annette e le nottate spese a far sesso sul sedile posteriore della macchina di famiglia. Terminò la scuola, finirono i campionati di football. Ma l'amore per il baseball sopravvisse, più forte e profondo che mai. Non credo avesse mai tentato una battuta, in tutta la sua vita. E non so se avesse mai avuto intenzione alcuna di porre rimedio alla cosa.

Angus aveva rinunciato al college, scegliendo di lavorare nei pascoli. Lo aveva fatto contro il parere negativo espresso dai suoi, che non avevano ancora perso la speranza di riuscire a coinvolgerlo nella gestione del loro avviatissimo negozio.

Ma lui amava il sole, allo stesso modo delle infinite distese nelle quali lavorava. Aveva una vera e propria idiosincrasia per i posti chiusi, ma anche per la prolungata assenza di luce, cosa che, per buona parte dell'anno, affligge i paesi scandinavi, e più in generale le alte latitudini. Per questo motivo, ma non solo, pensare ad un suo ritorno alle origini della sua famiglia, era pura follia.

Angus prestava servizio nell'azienda agricola dei McCarty, e chiamarla azienda era decisamente riduttivo: parliamo di un ranch di oltre tremila ettari. Angus era fra i quasi cinquanta dipendenti che si spaccavano la schiena sin dalle prime luci dell'alba.

Si occupava del bestiame, e la sua vita scorreva fra i pascoli del ranch, la gestione delle stalle e qualche puntata al pub del paese, per una birra e la partita rimbalzata dal satellite.

Non avrebbe mai potuto permettersi un ranch tutto suo, motivo per il quale era ben felice di lavorare per i McCarty.

Grazie a loro poteva vivere nel suo ambiente naturale, fregandosene della rincorsa al progresso, all'ultimo ritrovato tecnologico, alle condivisione in rete. Poteva perdersi in un'isola primitiva, immersa fra migliaia di chilometri di cavi elettrici e in fibra ottica, un flusso infinito di bit che non lo interessavano affatto, ed ai quali non prestava la minima attenzione. Non sarebbe mai rimasto bloccato dal down-time di un portale web, e non avrebbe avuto alcuna ansia di pubblicare e condividere un'istantanea della propria esistenza, specialmente in un universo fatto di identità fittizie.

Aveva chiesto ed ottenuto di poter avere una casa propria, ed isolata, all'interno del ranch. Aveva scelto un piccolo plateau, che si trovava ad un chilometro circa dalle stalle, e su questo, vicino ad alcuni alberi, aveva installato la propria piccola abitazione fatta completamente in legno. Un posticino senza grandi pretese, ma ordinatissimo. Due camere in tutto, più i servizi, esterni e piuttosto spartani. Non aveva richiesto la corrente elettrica dalla rete pubblica. All'occorrenza poteva utilizzare il generatore a kerosene. Manteneva un cellulare perché obbligato dal lavoro, ma aveva la suoneria costantemente disabilitata. Quella era la sua piccola isola silenziosa, il suo angolo di pace. Ci teneva rimanesse tale.

Dalla piccola veranda poteva godere di una vista favolosa, poteva volgere lo sguardo su campi sconfinati, distese che davano una qualche concretezza al concetto di infinito. Certe sere, poi, il panorama toglieva il fiato, e Angus si sentiva completamente immerso nell'arancione diffuso dal sole al tramonto. L'erba dei prati, mossa dal vento, ondeggiando secondo disegni arcuati, disegnava schiere di archi, che si inseguivano veloci, e che di tanto in tanto cambiavano direzione, per poi perdersi nelle ombre che anticipavano la notte. Non avrebbe cambiato quel paradiso con niente altro al mondo.

Credo che Angus fosse molto più felice della media di quelli che lo conoscevano, e anche di buona parte di coloro i quali ne avessero sentito parlare solo in questo momento. Sento di poterlo affermare con un certo grado di sicurezza.

Come avrete ben capito, avrà un ruolo all'interno di questa storia. Piccolo, ma importante. Ogni vita, ogni singola esistenza, ha sempre il proprio peso all'interno dell'economia globale del nostro sistema, e sarebbe un gravissimo errore ignorare questa verità.

E non parlo solo di Angus, e di quelli veramente sereni e felici come lo era lui, pur nella loro semplicità. Grazie alla loro semplicità. Parlo anche di quelli che potrebbero diventare come lui, che potrebbero sperare di essere altrettanto fortunati. Ma non necessariamente solo di loro. Parlo di vite interrotte dall'egoismo. Parlo di bambini che, per mille motivi, non hanno mai avuto occasione di vedere il sole, di poter giocare le proprie carte. Spesso ignorati, quando non potevano difendersi, quando non avevano parola e nessuno che fosse disposto a fermarsi per cercare di capire, per valutare, anche per un solo luminoso attimo, una scelta differente, un'opzione che contemplasse un futuro carico di nuove probabilità. Qualcosa che potesse scongiurare i tormenti di una vita intera, spesa in un galleggiamento disperato, semi sommersi dai flutti di un inutile senno di poi, quando oramai non si potrà più tornare indietro.

Ed Angus era la dimostrazione vivente che, il più delle volte, scegliere di premiare la vita è qualcosa di meraviglioso, che crea occasioni, opportunità, speranza. Anche dove prima regnavano solo rabbia e dolore.

Questo era esattamente quello che aveva pensato la madre (*ciascuno, poi, si regola sulla base dei principi su quali poggia la propria coscienza*), che aveva voluto tenerlo, che aveva deciso così, alla fine, dopo tante notti rese insonni dal dubbio; nonostante i mille inevitabili problemi che sapeva bene avrebbe dovuto affrontare; vincendo le terribili paure di ragazzina appena diciottenne. E ringraziava il cielo, ogni giorno, per questa sua libera scelta, per quella che amava chiamare "La mia felice intuizione". Lo faceva ogni volta che sentiva il forte abbraccio del suo ragazzone, ogni volta che pensava a quando, proprio lui, le aveva salvato la vita, restituendole un frammento di quello che aveva ricevuto in dono. Una piccola, fantastica magia che le aveva consentito di continuare a vivere, quando ogni speranza sembrava vana.

Nella nostra storia arriverà anche il momento di Angus. Si tratta solo di aspettare, magari con un pochino di pazienza.

Come sempre.

6

"Hey! Mr Tambourine Man, play a song for me,
I'm not sleepy and there is no place I'm going to.
Hey! Mr. Tambourine Man, play a song for me,
In the jingle jangle morning I'll come followin' you"
("Mr. Tambourine Man" - Bob Dylan, 1975)

Steve Albert Donovan - Stevie Jr - era davvero un bravo ragazzo.

Aveva venticinque anni, ma ne dimostrava diciotto. Non un filo di barba sopra un viso ancora segnato dall'acne, portava un paio di occhiali troppo grandi e fuori moda, che lo facevano sembrare un barbagianni spaventato. Un magrissimo barbagianni, uno di quelli davvero molto spaventati.

Quanto era talentuoso ed ispirato quando si trattava di informatica e scienze, tanto era stato distante da buona parte dei compagni del college in quella che era la loro normale vita sociale. Ai tempi della scuola questo è sinonimo di esclusione. Come rendere tutto questo in una sola parola? Beh, potremmo dire che fosse un *nerd* di razza. Una definizione che racchiude in sé una complessa condizione umana. Una volta raggiunta è davvero problematico scrollarsela di dosso. Al massimo ci si convive, più o meno serenamente.

Steve era sempre stato una completa frana in tutto quanto non fosse collegato allo studio o alle attività di laboratorio: inciampava nei propri piedi, farfugliava se una ragazza gli chiedeva l'ora, non riusciva a reggere una sola goccia d'alcool.

Non che le ragazze avessero mai fatto a gara per riuscire ad interagire con lui. No di certo. E nemmeno poteva aver avuto grandi occasioni per bere un drink con qualcuno che non fosse un suo familiare, quando tutto finiva per somigliare ad un obbligo scontato. In genere avveniva in una delle tante ed interminabili cene organizzate per le feste comandate, per i compleanni più importanti o per celebrare i traguardi sociali raggiunti da qualche membro di spicco della sua famiglia. Ed un po' le odiava queste adunate, perché gli ricordavano, immancabilmente, quanto fosse troppo spesso solo. Anche quando era circondato da centinaia di persone, o quando dei conoscenti raccontavano di eventi dai quali era stato tenuto alla larga, o che magari lo avevano interessato solo in maniera del tutto marginale. Si sentiva un po' come un orfano nel giorno dedicato alla *festa della mamma.*

Tutto ciò era essenzialmente frutto di quella separazione sociale, una sorta di discriminazione comportamentale, che i giovani applicano crudelmente all'interno del loro mondo. Un universo indipendente, che galleggia, rumoroso ed instabile, all'interno di uno più grande, ma che gli piace molto meno. Un regolamento non scritto, ma ampiamente condiviso, applicato con feroce ed insensibile rigore, particolare e proprio di ogni singola generazione, con delle piccole varianti locali.

Un insieme di distinzioni, condizioni e situazioni che poi ci si porta appresso nella vita, e che ritroviamo anche in molte famiglie: si creano spontaneamente dei veri e propri clan che, pur odiandosi cordialmente, si riuniscono di tanto in tanto, finendo per sfoggiare facce deformate da sorrisi di spastica circostanza, carichi di inconfessabili e palesi falsità. Ma tutti i protagonisti sanno benissimo che nulla avviene per caso, che quelle sono solo occasioni create per confrontarsi, per riuscire a verificare la veridicità su quanto si *racconta in giro,* per misurare sugli altri il grado di soddisfazione da associare alla propria condizione del momento, quasi fosse una targhetta, o un certificato di regolare collaudo.

Non fanno eccezione nemmeno i casi limiti, anche se per fortuna questi si verificano molto più raramente. Ad esempio se qualche membro della famiglia, magari economicamente significativo, ha trovato il modo di abbandonare questa valle di lacrime, lasciando indietro qualcosa per la quale valga la pena sbranarsi a vicenda.

In ogni caso, e parliamo di ragazze e ragazzi, questa sorta di segregazione sociale, imposta forzatamente ai più deboli, mantiene la propria validità fino a *quella* fatidica mattina, quella che prima o poi arriva per molti di loro. Che è arrivata, per molti di noi. Sì, avete capito proprio bene, perché parlo di quella particolare mattina, nella la quale si alzeranno, percependosi immensamente diversi e pienamente maturi.

Nuovi, migliori, cambiati talmente tanto da arrivare a credere di poter cancellare con un colpo di spugna tutto il male che hanno fatto a chi gli era più vicino. Come se dimenticare e ripulire il proprio passato fosse semplice quanto formattare una penna usb, o rimuovere una applicazione che non viene più utilizzata, perché già venuta a noia. Si sentiranno pronti, tanto da lasciare tutto quello che possiedono, e che non li attrae più, per andare a manifestare a favore dei diritti di popoli distanti decine di migliaia di chilometri dal proprio *social-profile*. Popoli e culture spesso conosciuti in maniera scandalosamente approssimativa.

Non tutti i ragazzi, certo, solo alcuni. Altri, probabilmente una bella fetta, si limiteranno alla semplice invettiva. Sempre valida e senz'altro più economica, non lo si può certo negare. Da preferirsi, perché consente di tornare a farsi i fatti propri in tempi decisamente più ristretti. Per fortuna, ci restano quelli che un equilibrio l'hanno raggiunto per davvero, o lo hanno sempre avuto. Quelli sui quali si può sempre contare, e sui quali scommettere i pochi dollari che ci rimangono in tasca.

Nonostante questo, nonostante il contesto, Stevie era sempre riuscito a non farsi demotivare. Aveva creato una robusta corazza, distribuendosela tutta intorno come un rassicurante cilindro vitale (*diamo a Lamark quel che togliamo a Darwin*), e l'aveva rinforzata, ispessendola giorno dopo giorno. Aveva imparato ad adoperarla, convinto che mostrare le spalle non sia sempre un segno di debolezza, ma piuttosto una funzionale strategia. Una soluzione efficace, capace di capovolgere a proprio favore situazioni che sembravano già ampiamente compromesse.

Era un *nerd d'assalto*, potremmo dire, uno che ci riprovava sempre, ogni santa volta, dopo ogni singolo insuccesso. Testardamente, pur sapendo che, ad ogni tentativo fatto per cercare di inserirsi nella vita reale, potrebbe corrispondere uno scherno di un qualche tipo. Spesso piovuto a titolo più o meno gratuito.

Ed ancora peggio, perché esistevano ampi margini per veder arricchita la propria celebrata collezione di figuracce (*già apparentemente insuperabile*) con l'ennesima epocale perla, da stampigliare a fuoco nella memoria collettiva di una intera annata scolastica. Qualcosa di cui vergognarsi sino alla vecchiaia, forse anche peggiore delle tradizionali foto fatte per gli annuari, quelle nelle quali ci si era fatti immortalare in una improbabile, ed ingiustificata, posa a *tre quarti*. Oppure quelle del matrimonio di un qualche parente, dove, a rubare la scena, c'era un antidiluviano abito celestino, proprio quello che aveva dei pantaloni davvero troppo corti, assolutamente incapaci di mascherare l'esuberanza di abbaglianti calzini bianchi.

Immancabilmente, quella débâcle sarebbe stata capace di scalzare qualche eclatante evento avvenuto in precedenza. Uno di quelli che tenevano banco per molto tempo, del quale tutti continuavano a parlare con circostanziata cognizione di causa, mentre ringraziavano mentalmente il povero Stevie per questo suo apprezzato talento, per la straordinaria capacità di far sentire tutti gli altri un po' migliori di quanto in realtà non fossero.

Ironia della sorte, fra tutte le disgrazie capitategli, spiccava l'epilogo della serata più attesa, quella nella quale stava per coronare i sogni erotici più spinti. Quelli che ogni buon studente liceale consuma, rivisitandoli mille volte, nella solitudine del proprio bagno.

Ma c'era molto di più. Quella era la serata nella quale, per un breve attimo, aveva avuto la netta percezione che qualcosa stesse finalmente cambiando, che la sua vita avesse finalmente iniziato a correre lungo giusti binari. La "serata perfetta", per intenderci, quella che avrebbe dovuto scongiurare una probabile futura cecità.

Il tutto era avvenuto al culmine di una festa molto partecipata, alla quale Stevie era stato imbucato da un compagno di classe e vicino di casa. Registrato all'anagrafe come Adam Smith (*senza alcun confrontabile talento in ambito economico*), il giovane amico di Steve aveva deciso di avviare pia opera di reinserimento sociale dei nerd. Ma anche di sfruttare il fatto che quello in questione potesse scarrozzare tutti con l'utilitaria giapponese tanto amata dalla madre. Visto che si erano trovati momentaneamente appiedati, l'avvenimento aveva trovato agilmente un proprio perché, senza troppe cervellotiche alchimie. E non era stato certo un deterrente sufficientemente valido il fatto che l'auto fosse di un imbarazzante rosa confetto, con tanto di interni abbinati, a completare un quadro generale decisamente e stucchevolmente pacchiano. Sarebbe bastato non parcheggiare troppo vicino all'ingresso principale, e non ci sarebbero state delle sgradite implicazioni negative per l'immagine pubblica di chi ancora poteva vantarne una intonsa.

Pecunia non olet, certamente, ed Adam avrebbe potuto tatuarselo sul petto, a caratteri cubitali. Magari scritto al contrario, così da poterlo leggere sullo specchietto retrovisore della sua Porche, spinta a manetta sulla statale, ovviamente senza la fastidiosa capotina a limitarne l'impatto scenico, mentre affrontava la vita lasciando che il vento gli attraversasse i capelli e gonfiasse la sua camicia in seta, tenuta rigorosamente semiaperta. La Porche, come quella che solo pochi anni dopo avrebbe comprato con gli utili fittizi generati dalle sue società (*avevo detto: "senza alcun confrontabile talento in ambito economico", non che non avrebbe provato a sguazzare fra le pieghe degli investimenti ad alto rischio*).

Steve lo aveva sempre saputo, conosceva bene Adam. Era un *nerd d'assalto,* mica uno stupidotto. Quella sera aveva deciso di stare al gioco, e aveva voluto puntare parecchio su quella benedetta carta piovuta dal cielo. Fare buon viso a cattivo gioco è solo un banale dettaglio, se si mira ad un fine più alto. In realtà più basso di quanto gli ardori giovanili non lo facciano sembrare.

In quel frangente, il buon Stevie era andato vicinissimo alla sua prima avventura non solitaria, patinata o digitale, con l'altro sesso.

Infatti quella sera si era subito presentata come favorevole, carica di fantastiche aspettative, facilitata dalla completa promiscuità scatenatasi nella piscina a forma di atollo. Il livello alcoolico medio, in libero ed allegro circolo nel sangue dei festanti ragazzi, aveva raggiunto soglie ragguardevoli, ed in tempi anche piuttosto brevi. E non che non potessero essere sufficientemente stordenti le percosse ricevute dai bassi con i quali il dj stava assediando, già da diverse ore, l'intero quartiere. Tutti si erano sentiti leggeri, liberi di poter fare e dire tutto quanto passasse per le loro teste già piuttosto annebbiate.

E così si sarebbero potuti incontrare ragazzi e ragazze a petto nudo. Altri che correvano, agitando pericolosamente bottiglie semivuote, proprio davanti a quelli in preda alla sbornia logorroica. In genere più stanziali, questi ultimi affliggevano compagni di bevute rimasti ingabbiati da una paralizzante fase malinconica. Che poi restavano zitti, sconfitti ed immobili, padroneggiando un silenzio apparentemente carico di consapevolezza, ma solo perché non ancora in possesso di un qualche teletrasporto sul quale cominciavano realmente a fantasticare. Uno di quelli capaci di rimettere insieme le loro molecole, come in una sorta di *Star Trek* per fegati affaticati, a non meno di mille miglia dalla sedia dalla quale non riuscivano più a scollarsi. Certo, anche per via di una sbronza da riportare negli annali, ma soprattutto perché inchiodati dall'alito aggressivo dell'oratore di turno. Quello che non aveva accennato ad una soluzione di continuità nel proprio farneticante ed impastato soliloquio.

In ogni caso, un po' tutti avevano sperato di non doversi riconoscere troppo chiaramente in qualche video che sicuramente era stato già caricato in remoto e reso di pubblico dominio. In tempo reale, naturalmente, grazie al buontempone di turno. Ma l'alcool aiuta sempre a confinare i pensieri scomodi e fastidiosi, per poi lasciarli definitivamente liberi solo il pomeriggio successivo, al duro risveglio.

Tornando a Steve, possiamo dire che, per lui, le cose si erano messe piuttosto bene. Patty Rossington, molto sbronza e decisamente spigliata, lo aveva letteralmente limonato fino al sedile posteriore della *quattro-ruote* rosa confetto. In altri frangenti, ossia con molti meno drink sul proprio voluminoso curriculum serale, sarebbe stata un ostacolo formidabile contro ogni possibile tipo di approccio. Ma non quella notte.

Il tempo di far straripare una quinta un po' burrosa, contenuta a fatica da una camicia decisamente troppo stretta, sbottonargli i pantaloni per stringere il suo *coso* fra le dita, ed i sedili della povera auto si erano già segnalati come bisognosi di una buona lavata con sanitizzazione a corredo, per via di una intempestiva fontanella di imbarazzante piacere.

Patty aveva commentato il flop in maniera fin troppo sguaiata. Delusa, era uscita dalla macchina per poi avviarsi, barcollando come un trampoliere colpito da ictus, alla ricerca di un bagno libero. O magari di un altro ragazzo, ugualmente dotato e ben disposto, ma sicuramente meno emozionabile. Dovette fermarsi molto prima del traguardo, diciamo qualche aiuola più avanti, giusto in tempo per vomitare gli eccessi della serata.

Steve era rimasto solo ed in mutande, con lo sportello aperto sulla sua nudità. Indifeso, mentre riusciva solo ad immaginare lo sguardo truce delle altre coppiette che avevano continuato a maledirlo, e non solo mentalmente, attraverso appannati finestrini oramai semiaperti. Del resto aveva disturbato tutti proprio nel momento più atteso della festa, con tutto quello che una cosa del genere può scatenare.

Ciò che gli era rimasto maggiormente impresso, però, coincideva con l'aver trovato una scatola di preservativi, aperta e mezzo consumata, all'interno del vano porta oggetti. Proprio dietro un'infinità di Kleenex. Esattamente quelli che andava cercando per tentare una prima ed affannosa ripulitura dei sedili.

Steve aveva avvertito immediatamente un'incredibile stanchezza, seguita da un leggero cerchio alla testa. Aveva piantato tutti senza avvisare, prendendo la via di casa. Era stato decisamente faticoso ignorare le domande che lo affliggevano. Domande sui condom, domande sulla vita della madre. Lei, che era solita lamentarsi perché "usciva di casa solo per andare in palestra con le amiche".

Aveva girato parecchio intorno al proprio isolato, quello che, sino a poche ore prima, era stato il suo paradiso di certezze e tranquillità. Aveva girato parecchio, aspettando che le luci di casa venissero finalmente spente. Non avrebbe mai voluto incontrare i suoi. Ma nemmeno che venissero poste domande che non avrebbero mai avuto delle risposte sincere: aveva imparato che ci sono cose che è meglio non dire, ed altre circa le quali è meglio non chiedere.

Aveva sfoggiato per l'ennesima volta la sua lucente corazza, quella che avrebbe fatto impallidire una tartaruga ninjia, ed era andato oltre, come faceva sempre.

Ma Stevie era anche capace di ridere di sé stesso, e questo gli aveva comunque permesso di avere qualche buon amico fra gli altri nerd. E non solo. Ok ... ok ... aveva solo tre amici. Francamente non che ne servano di più, o che ne esistano di più, nella vita di ciascuno di noi. Ad ogni buon conto, uno di questi gli aveva passato un lavoretto estivo presso il piccolo *CED* della principale testata giornalistica della zona. Per un insieme di fortunate coincidenze, il lavoro era diventato stabile, permettendogli di guadagnare una insperata indipendenza.

La libertà ha comunque un prezzo, e gli capitavano quasi sempre i turni notturni. Ma questo non dispiace ai barbagianni, nemmeno a quelli magrissimi, magari anche un po' spaventati. Aveva di prima mano tutte le principali novità. Conosceva gente interessante e che in altre situazioni non avrebbe mai incontrato. Aveva un ruolo definito all'interno del tessuto sociale. Certo, toccava con mano la dura realtà, anche se ne era stato sempre consapevole: quanto più numerose saranno le innovazioni applicate al mondo del lavoro, tanto minore sarà la necessità di impiegare le persone, relegandole sempre più ai margini del nostro stesso progresso. Ma lui era stato fortunato, ed aveva il suo lavoro, anche se quasi sempre notturno. Quindi stringeva i denti e andava avanti, accontentandosi del contingente.

Poi, se ci pensate bene, di notte il mondo è sempre vivo. Il buio regala l'occasione per vivere in una dimensione sospesa fra l'attesa del giorno che deve arrivare ed i residui di quello che s'è appena consumato. Basta lasciarsi cullare in quell'istante infinito, e abbandonare la corazza, anche solo per un po'.

Giusto per la cronaca: nei propri profili social Steve era solo Steve. Quasi un eroe dei nostri giorni.

A quelli di voi che fossero interessati a sapere qualcosa in più su Patty Rossington, devo confessare che non so molto di più, oltre quello che vi ho già raccontato, ovviamente, e quanto sto per riferirvi proprio ora. Credo si sia laureata, e che alla fine abbia trovato un buon posto di lavoro. Forse in qualche ufficio federale. Dicono abbia conservato un rapporto piuttosto complicato sia con l'alcool che con gli uomini. Sempre dedita alla ricerca di quello perfetto, considerandoli nell'insieme solo degli accessori sessuali, aveva conservato la sciocca convinzione di essere il migliore fra tutti gli esseri umani.

Era certa di essere sempre avanti, di aver davvero staccato tutti. E forse aveva ragione: intorno a lei non c'era proprio nessuno.

7

"I met a gin soaked, bar room queen in Memphis,
She tried to take me upstairs for a ride.
She had to heave me right across her shoulder
'Cause I just can't seem to drink you off my mind"
("Honky Tonk Women" - Rolling Stones, 1969)

John Hugecock era un eroico puttaniere.

Pluridecorato reduce della seconda guerra mondiale, *wasp* e gran finanziatore delle prostitute della zona, era morto di infarto quindici anni prima degli eventi che narriamo.

La dipartita aveva avuto luogo nel suo postribolo preferito, il *Deep Blue*, la sua seconda casa, proprio al termine dell'ennesimo ostinato rapporto, ricercato con l'insistenza di chi sa di non avere più tanti giorni davanti a sé, pur coltivando l'insana speranza (*folle convinzione?*) di poter vivere per sempre.

Del resto se l'era cavata durante epiche battaglie nel pacifico, cosa avrebbe mai potuto scalfirlo? Aveva partecipato a tantissimi sbarchi, ad imprese ritenute quasi impossibili. Era stato catturato e liberato, ed ogni santa volta era riuscito a riportare a casa la pellaccia, festeggiando l'evento con qualche battona ed almeno una bottiglia del più forte liquore a disposizione nel locale di turno.

Magari ci si sarebbe potuti chiedere come avesse fatto a superare gli ottanta, quando sarebbe stato logico, a ragion veduta, considerare come un miraggio perfino il poter spegnere le quaranta candeline della sua torta di compleanno. Per via della fame patita, certo, ma anche delle torture subite durante la lunga prigionia nelle mani del nemico. Era un mistero come fosse riuscito a non rimanere vittima della sporcizia e della promiscuità di tutti i bordelli nei quali aveva cercato, pagato, e trovato compagnia. Li conosceva tutti, o quasi. E non in senso figurato: aveva avuto più donne del bassista di un noto gruppo del nord Europa, e ne andava fiero. Che poi avesse dovuto pagarle non era una nota di demerito, per John. Era fatto così: prendeva quello che voleva, e se era necessario pagava il conto, senza discutere troppo.

Insomma, a voler raccontare la sua storia di marinaio ci sarebbe da aspettarsi una qualche brusca interruzione per colpa della sifilide o della gonorrea, contratta in una o più fra le varianti geografiche conosciute, o per qualche altro tipo di malattia venerea o correlata, ed oggi debitamente descritta negli archivi di Wikipedia. Ma non andò così, se l'era sempre cavata, sino a quell'ultima cartuccia.

Dopo un primo momento di imbarazzo da parte della Direzione del locale, ma anche della profumatissima professionista che lo aveva condotto a colpi di reni verso il giudizio eterno, era stato deciso di riportarlo a casa (*la prima*), ed in tutta fretta.

Per dovere di cronaca, come si dice, devo riferire di come Sasha, ossia la ragazza coinvolta, fosse inizialmente molto spaventata. Si era però presto rasserenata, in un certo qual modo, proprio per via del fatto che John fosse spirato con un largo sorriso stampato su quella faccia incartapecorita. Una semiluna discontinua, impressa indelebilmente nella memoria di chi lo aveva visto venire, per poi trapassare.

Alla fine dei conti, quella di Sasha, così come quella delle sue numerosissime colleghe, poteva essere considerata una missione in nome dell'amore. Non dico che si potesse sentire come una crocerossina impegnata a soccorrere i feriti dello sbarco in Normandia, no di certo, ma almeno era così riuscita a vincere quel senso di desolazione che le faceva piangere, da sole, dopo notti in cui non avevano mai davvero amato qualcuno.

Tutti, in ogni caso, avevano voluto salvare l'immagine e la memoria del loro più affezionato finanziatore e supporter, simulando un ben più onorevole decesso fra le adorate mura domestiche (e *non che non avessero temuto una cattiva pubblicità per le frequentatissime alcove, con annessa visita da parte della polizia*).

Ad aspettarlo ci sarebbe dovuta essere la moglie, la Sig.ra Mary Jane P. Redgrave.

Beh, dire che aspettasse non sarebbe davvero corretto: era da sempre dipendente dai sonniferi. L'accompagnavano serenamente dentro un sonno del tutto privo di sogni, già verso le otto di ogni santa sera, per poi restituirla al mondo non prima delle dieci del mattino successivo. La cosa aveva sempre agevolato John, permettendogli di tornare con tutta calma nel letto coniugale, senza destare alcun sospetto ufficiale. Avrebbe anche potuto buttare giù con un tank la loro vecchia casa in stile colonico, e la moglie non se ne sarebbe mai accorta.

Per la cronaca, e come ampiamente preventivato, fu proprio la neo vedova a trovarlo morto nel letto. Stecchito, ma con una espressione serena sul viso. A coloro i quali poteva interessare qualcosa di John, sarebbe piaciuto ricordarlo così, con una espressione beata, come se tirare le cuoia potesse mai essere una cosa gradevole e rigenerante.

Ma perché vi parlo di un morto? Beh, avrà anche lui la propria particina in questa piccola commedia umana.

Si, anche lui, nonostante fosse sostanzialmente un traditore fedifrago, un sostenitore di quel gran bastardo di George Wallace, e bastardo a propria volta. Uno di quelli che restano in vita a lungo, un po' per culo, un po' perché all'inferno non hanno alcuna fretta di reclamarli.

8

"Good night, it's all tight Jane
I'll meet you tomorrow night on Lover's Lane
We may find it out on the street tonight baby
Or we may walk until the daylight maybe"
("Incident On 57th Street". Bruce Springsteen – 1973)

Spanish Johnny Colarusso era noto (anche) come "lo sceriffo".

In realtà era "solo" il vice sceriffo, ma quello in carica non lo si trovava quasi mai. Infatti era impelagato in una situazione che, a volerla definire complicata, si finirebbe per commettere il reato di *abuso di eufemismo*. Ronald Ross era infatti in un agitatissimo mare di guai.

Sì, *Sonny Boy* era davvero in un mare di guai. *Sonny Boy* era lo pseudonimo che si era dato quando, ancora giovanissimo, soffiava disperatamente in una vecchia armonica. Aveva sempre cercato di tirarne fuori un po' di blues alla Sonny Boy Williamson, ma senza successo. Come molti di noi, era uno di quelli che nascono con più sogni che arte. Ma questa è un'altra storia.

Dovrei mettervi al corrente di come Ronald avesse avuto la fantastica idea di entrare in affari, risultati poi fallimentari, con Mark Stuart, suo ex amante ed ex colletto bianco, rimasto senza lavoro dopo uno dei peggiori crack finanziari degli ultimi cinquanta anni. Ronald aveva finito col rimetterci i soldi, senza contare la propria immagine. Aveva perso qualche anno di vita, a causa delle preoccupazioni, ma anche dei rovesci scatenatisi non appena la cosa era diventata di dominio pubblico. Aveva dovuto scordare il sesso giornaliero, di qualsiasi tipo, quello che aveva sempre dato per garantito, così come la tranquillità di poter tenere il portafoglio in due staffe. Aveva dovuto lasciare la casa, assegnata in via temporaneamente definitiva alla moglie e ai figli, che di lui non volevano più saperne. Sì, *Sonny Boy* aveva diverse gatte da pelare e non riusciva più a tenere insieme i pezzi della propria vita, dopo averli sparpagliati, con troppa leggerezza, un po' ovunque. Non era certo in grado di dirigere il proprio piccolo ufficio, non in quelle condizioni. Non se doveva passare le proprie giornate fra lo studio di un avvocato e quello di uno psichiatra, che insieme gli costavano un occhio della testa; anche se decisamente meno degli alimenti.

All'atto pratico, come è facile capire, era proprio *Spanish Johnny* a gestirlo. Poteva sempre contare sull'aiuto della fidatissima Cassandra May, centralinista prossima alla pensione *(ma che ci sarebbe rimasta anche gratis, credo. A casa, ad aspettarla, c'era solo il suo vecchio gatto, rincoglionito al punto da mancare regolarmente la lettiera)*, ed un paio di aiutanti mal in arnese. Periodicamente si presentava qualche volontario con tanta passione per le armi e l'ordine, ma davvero poche speranze d'essere ammesso alla scuola di polizia. Figuriamo di giungerne alla conclusione

Lo sceriffo in pectore, il cui vero nome era Robert, *Bob* per amici e familiari, doveva il soprannome di *Spanish Johnny* tanto alla sua vecchia Buick rimessa a nuovo, quanto allo stile degli abiti con i quali andava in giro una volta appena riappesa, con amorevole cura, la divisa da tutore dell'ordine. Era di origini italiane, e ne andava molto fiero. Specialmente quando alzava un po' il gomito, cosa che accadeva inevitabilmente durante le malinconiche rimpatriate in salsa tricolore. Ore passate fra nostalgici che non avevano mai messo piede nella terra dei nonni.

Robert vestiva sempre in modo piuttosto appariscente, ed amava in maniera particolare le giacche luccicanti. Sempre impomatato e profumato, sembrava fosse appena stato rosolato in una tanica di *Aqua Velva*. Lo sentivi arrivare molto prima di riuscire a vederlo. Amava far deflagrare i pezzi del Boss, sparandoli a palla dalle colonnine del mega stereo che aveva fatto installare sulla sua *Convertible* del '58.

Era un fan sfegatato, ed aveva visto non meno di un centinaio di concerti, in giro per il mondo. Sempre in prima fila, era orgoglioso delle notti spese a vegliare con altri fanatici, con il polsino numerato esibito come un simbolo fallico. Sempre pronto per l'appello degli organizzatori, al quale si doveva rispondere anche se ci si era spostati per pisciare. Altrimenti si rischiava di perdere la priorità. Si aveva sempre poco tempo, come per l'ora d'aria, manco fossero stati a San

Quintino. Ma sei vuoi sistemarti sotto il palco, nel *pit*, quella è la regola e la devi rispettare. Anche se la volta di Torino, quando ufficialmente era andato a trovare dei lontani cugini, ramo paterno, naturalmente in concomitanza con il concerto di Springsteen, tre individui piuttosto massicci, arrivati solo poche ore prima dell'apertura dei cancelli, erano comunque riusciti a sistemarsi a due metri dall'idolo di Asbury e Freehold, gabbando tutti gli altri. Ma ci sta.

Giusto per saperlo, quella sera il Boss non suonò Rosalita, ma nemmeno Thunder Road o New York City serenade.

Avrete capito come a Bob non dispiacesse affatto il nomignolo che gli era stato affibbiato. Anche se solo gli amici si arrischiavano a non chiamarlo col suo vero nome, quando avevano a che farci direttamente. E credo che anche questo sia molto umano e comprensibile. Ma per Bob era un vanto, e ci si era affezionato a quel soprannome. Non posso affermarlo con certezza assoluta, ma non sono del tutto persuaso che *Spanish Johnny* avesse davvero capito quale fosse l'occupazione dell'ispanico descritto da Springsteen, e che non fosse certo una personcina da prendere come modello. Più che altro, anzi certamente, un'anima da salvare, un figlio del mondo che abbiamo creato.

O forse lo sapeva, ed ho frainteso completamente. Magari non gli interessava affatto, ed andava benissimo così. Anzi, per lui era come entrare nella storia di una comunità, essere ricordato da tutti, fosse anche solo per via di una bella canzone. Una di quelle che ti proiettano in un mondo diverso, descritto in una maniera talmente calzante da poterlo riconoscere anche se non ci si è mai stati prima, almeno in questa vita, se non con la fantasia.

Lo ripeto, non era solo questo, attraverso una canzone, quella canzone, si sarebbero ricordati di lui per tantissimo tempo. Forse per sempre. Chi può dirlo con certezza?

Robert era sulla cinquantina, felicemente divorziato, e padre di due figli ai quali voleva un bene dell'anima e che gli avevano regalato tante soddisfazioni. Entrambi all'estero per lavoro, avevano sempre ottenuto ottimi voti a scuola. Si erano tenuti costantemente fuori dai guai e lavoravano, da tempo, per delle rispettabilissime multinazionali. Si sentivano molto spesso e durante le chiamate Bob aveva la netta sensazione che, dei tre, il più giovane e spensierato fosse proprio lui.

Non era sicurissimo sul come comportarsi, se esserne felice o preoccupato. Forse erano solo in ansia per lui, per il fatto che vivesse solo, che fossero lontani migliaia di chilometri. O magari perché sembrava non aver mai superato gli ardori e le passioni di quando era ragazzo. Non che sembrasse affetto da una sindrome di Peter Pan, ma sicuramente continuava a vivere e gestirsi come se avesse avuto ancora vent'anni.

Aveva un piccolo appartamento ultramoderno, e non si era negato nulla nel riempirlo, dai mobili super accessoriati, al mega schermo LCD con impianto stereo a corredo.

Anche per questo, forse, la figlia era sempre piuttosto apprensiva, e sembrava quasi controllarlo in ogni sua mossa. Lo chiamava praticamente ogni santo giorno, per informarsi su come stesse, sul come avrebbe passato le serate. Probabilmente aspettava che lui facesse finalmente comparire un nome di donna all'interno dei loro discorsi, magari buttato lì per caso, per vedere le reazioni che la cosa avrebbe scatenato. Ma non accadeva mai. Robert era fatto così, e sono convinto che non ne avrebbe parlato, nemmeno sotto tortura.

Spanish Johnny era appena tornato dal solito giro, ed aveva poca voglia di uscire, quella sera. Sarebbe rimasto a casa, avrebbe aspettato la chiamata dei figli, per poi cercare su *YouTube* un vecchio concerto all'Odeon. Credo fosse del '75.

La mattina dopo sarebbe stato nuovamente in servizio, nonostante non si fosse fermato da quasi due mesi. Ma erano in pochi, e quindi bisognava arrangiarsi con quello che si aveva.

Tutto sommato vivevano in posto tranquillo, dove tutto filava liscio. Così almeno gli piaceva pensare.

9

"I'm a rolling thunder, a pouring rain
I'm comin' on like a hurricane
My lightning's flashing across the sky
You're only young but you're gonna die"
("Hells bells" - AC/DC, 1980)

Kate Freeman poteva parlare con i morti.

Non si sapeva molto di lei, e questo rende più difficile il mio compito di umile narratore. Sicuramente più complesso di quanto non lo sia stato per gli altri attori della nostra storia, quelli che abbiamo cominciato a conoscere man mano che è andata imprimendosi sulla carta.

Ed è un vero peccato, perché ritengo che Kate fosse un personaggio estremamente intrigante, una miniera di sorprese avvolte da affascinanti misteri, capaci sempre di procurare qualche brivido lungo la schiena. Ed il fatto di saperne davvero poco rendeva questa sensazione ancora più forte.

Chi non ne poteva parlare per esperienza diretta lo faceva pescando a piene mani fra le solite congetture popolari, le stesse che venivano tramandate di generazione in generazione. Fra queste la più credibile era quella che riferiva di come avesse ereditato il suo particolare dono dalla madre, che a sua volta lo aveva ricevuto dalla propria. E via di questo passo, tornando indietro nei secoli, per perdersi inevitabilmente nella fugace e volubile memoria umana.

Le modalità di trasmissione erano quelle che facevano viaggiare la fantasia ai massimi livelli. C'era chi sosteneva fosse un dono di sangue, chi un premio per un non meglio specificato sacrificio, chi ancora l'inevitabile conclusione di un lungo processo di iniziazione. Ce n'era per tutti i gusti. Certo, i capelli di un bianco candido costituiscono una particolarità che non passa inosservata per una persona di colore. Ogni piccola stranezza, ma meglio sarebbe definirla singolarità, pare sempre destinata a rafforzare qualsiasi azzardata ipotesi possa mai venire in mente di formulare.

Non ne sono certo, ma, proiettando la cosa indietro nel tempo, arriverei a scommettere un centone che qualche sua antenata fosse finita sul rogo. Senza troppi complimenti, senza alcun rimpianto.

Tutti quelli della sua famiglia, nell'insieme un numero davvero esiguo di persone, avevano sempre vissuto nella stessa fatiscente casa. Si trovava poco fuori dal paese, giusto alla fine di una via minore e poco trafficata. Erano rimasti su questa terra veramente a lungo, e la stessa Kate doveva aver passato da parecchio gli ottanta, anche se ne dimostrava come minimo venti in meno.

Alta e molto magra, ordinata e perennemente vestita di nero, dava l'idea d'indossare una rigidissima divisa. Aveva poi quei capelli bianchi, da sempre, ed onestamente devo dire che sarebbero stati la norma per un albino, ma non certo per lei. Ma dopo un po' ci si faceva l'occhio, in fin dei conti, e la cosa smetteva di sorprendere.

Kate parlava veramente poco, solo quando era strettamente necessario, e penso che la ritenesse una utile virtù. Credo avesse ragione, perché con gli anni si apprezza la bellezza del silenzio assoluto.

A memoria d'uomo, secondo i più longevi del paese, escludendo per galanteria l'unica che avrebbe potuto fornire risposte certe, proprio nessuno ricordava di aver mai visto i genitori di Kate, o qualche altro parente stretto. Ma neppure di aver assistito a qualche funerale o semplice veglia funebre che li avesse riguardati direttamente. Penso avessero sempre gestito il tutto con una buona dose di discrezione, riducendo al minimo le interferenze esterne.

Avevano un piccolo cimitero di famiglia nella parte di giardino che dava sulla facciata est della casa. Ci si potevano contare una decina di lapidi grigie, molto vecchie e con le scritte consumate, sebbene ancora leggibili.

La casa era sempre uguale a sé stessa, immutabile. Copia sputata di quella che si poteva ammirare nelle rare foto storiche del paese. Foto che la vedevano sempre sullo sfondo, mai in primo piano. Forse perché un po' inquietante, e non solo perché, in uno spazio tutto sommato molto ristretto, era possibile trovare tutti i membri della famiglia. Morti o poco meno. Non era certo quella dei Bates, per carità, ma per alcuni non si discostava di molto.

In una di queste foto, sfocata e di ingiallita dal tempo, si diceva fosse possibile scorgere una figura sottile, vestita di nero, poco distante da uno dei pilastri dell'ingresso. Quei pochi che dicevano in giro di averla vista, sostenevano che quella donna fosse proprio Kate, ma non c'era modo di dimostrarlo. Era una foto che doveva avere quasi un secolo e mezzo di vita, ed è facile capire come la cosa potesse accrescere l'alone di mistero che circondava l'argomento.

Il giardino non sembrava un groviglio di rovi senzienti, uno di quelli che ci vengono propinati negli horror classe *trash movie,* era anzi piuttosto ordinato, curato con passione. In ogni caso nessun ragazzino ci si sarebbe arrischiato di notte, nemmeno per scommessa. Poco ma sicuro.

Alla fine, pur mantenendo prudentemente un certo spirito di conservazione, un po' tutti concordavano sul fatto che la casa fosse decadente semplicemente perché non c'erano mai stati abbastanza soldi per le manutenzioni. Che non ci fosse nulla da temere. Ed anche se a guardarla venivano comunque i brividi, ci si sforzava per razionalizzare il contesto, riportando tutto, per quanto possibile, nel quadro generale di quella che siamo soliti definire *normalità.*

D'accordo, il cimitero era un po' inquietante, ma alzi la mano chi non ha mai sentito parlare di picnic su qualche prato che era o era stato un cimitero. Non so da voi, ma da noi non è così strano.

Anche Kate riusciva a mettere tutti a disagio, almeno quanto la casa nella quale viveva, e questo aveva contribuito ad isolarla, ponendola ufficialmente ai margini della società.

Nel pratico le cose erano decisamente diverse, ed infatti non erano poche le persone che le facevano visita, anche con una certa frequenza. Perché avevano qualcosa da chiederle, oppure qualcosa da darle.

Come ho detto prima, Kate non navigava di certo nell'oro, ed a meno che non conservasse qualche tesoro al sicuro nei sotterranei della casa, si accontentava davvero delle semplici offerte che riceveva da persone che superavano le proprie paure pur di poterci parlare. Ci andavano per coltivare vecchie speranze, per chiederle qualcosa che, vista dall'esterno della sfera esistenziale altrui, potrebbe sembrarci incredibile ed anacronistica. Fantastica ed un po' folle, eppure così concreta.

Non so, ma ho maturato la convinzione che con il passare degli anni, con le esperienze negative che accumuliamo, con l'inevitabile scomparsa delle persone alle quali volevamo bene, tendiamo a credere ai sogni, e talvolta alla realizzazione di quello che solo poco tempo prima avremmo ritenuto impossibile.

Valutiamo la possibilità che tutto possa diventare probabile, che non sia poi così ostico, ed intellettualmente scorretto, derubricare a puro dettaglio ciò che un tempo avremmo sostenuto essere un principio assoluto e necessario. Recuperiamo un rapporto con l'ignoto e il soprannaturale, quello che un tempo forse ci apparteneva. Riscopriamo quelle parti della nostra esistenza, della nostra natura, che hanno minore radicamento nel materialismo entro il quale ci tumuliamo, circondandoci di cose senz'anima. Oggetti che finiscono per possederci, rendendoci schiavi, solo in apparenza felici e soddisfatti.

Sì, una volta c'ero stato anche io da Kate: so bene che ve lo starete chiedendo. Era esattamente come l'avevo sognata solo pochi giorni prima dell'incontro, quando ero carico di aspettative, ma anche di paure. E posso concordare con chi di voi, in questo preciso momento, stesse pensando che sarebbe una cosa spiegabilissima, tanto ne avevo sentito parlare sin da quando ero ragazzino. In ogni caso avevo finalmente compreso come Kate fosse davvero così come la vedevano i miei occhi ed i miei sensi allertati, e che non si prendeva gioco di me. Non si prendeva gioco di nessuno. Se lo aveva fatto, e ne dubito, c'era riuscita in grande stile, meritandosi il prezzo di un biglietto che non ho mai dovuto pagare. E che nessuno mi ha mai contestato.

Non andrò oltre in questa mia intromissione fisica all'interno della storia che stiamo raccontando. L'ho fatto perché la cosa non ha influenzato in alcun modo gli eventi che si susseguirono a partire da *quella* mattina di sole, appena spettinata da un filo di vento leggero, ma persistente.

10

"If you didn't care what happened to me,
And I didn't care for you,
We would zig zag our way through the boredom and pain
Occasionally glancing up through the rain.
Wondering which of the buggars to blame
And watching for pigs on the wing"
("Pigs on the Wing" - Pink Floyd, 1977)

Orson era un maiale decisamente atipico.

Era balzato agli onori delle cronache grazie ad un memorabile e gettonatissimo articolo. Uno di quelli che poi godevano di un buon riscontro anche sulle pagine web del giornale.

Niente di che in realtà, diciamo poche ed imbarazzanti note che riportavano le singolari origini del suino: abbandonato dalla mamma, era stato cresciuto con notevole successo da Lilly, una mucca di taglia super forte, che lo aveva adottato spontaneamente. Un po' perché geneticamente di buon cuore, un po' perché era quasi cieca e decisamente carica di latte, Lilly non aveva mai avuto alcuna intenzione di negare il pasto a qualcuno. Men che meno per il solo fatto che non riuscisse a distinguerlo chiaramente dallo sfondo. Se poi pensiamo che Orson aveva delle grosse chiazze nere che lo mimetizzavano perfettamente agli occhi di una mucca con gravi problemi di messa a fuoco, tutto torna alla perfezione in questa meravigliosa Natura. E poi Orson non era certo un tipo invadente, sapeva stare al proprio posto, senza atteggiarsi come molte altre star.

Bisogna riconoscere che Orson era veramente intelligente, ed anche piuttosto simpatico, per essere un suino. Se aggiungiamo che la pubblicità aveva involontariamente giovato al turismo locale, non sarà difficile comprendere come fosse sopravvissuto a diverse feste comandate. Nel massimo momento di gloria era stato scelto da Angus come maschio riproduttore di punta, con effetti certamente positivi sulla serenità interiore dell'interessato.

Aveva già superato (felicemente) i cinque anni di età, quando fu coinvolto in uno spiacevole incidente. Orson rimase vittima della sua insaziabile ed innocente curiosità, che era inferiore solo al suo leggendario appetito e ad una innata propensione al vivere con la testa persa fra le nuvole.

Cose che capitano, anche a maiali ben più famosi.

11

Prima di proseguire, vorrei assicurarmi non vi siate già affezionati troppo ai personaggi che abbiamo conosciuto nelle pagine precedenti. Potrebbe anche darsi che le loro storie, le loro vicissitudini, i successi, così come le sconfitte, possano avervi ricordato qualcosa, o qualcuno. Perché no? Del resto non siamo poi così diversi, gli uni dagli altri, e ciascuno può pensare ciò che preferisce. È anche probabile vi abbiano mosso a pietà o siano stati capaci di risvegliare una comprensibilissima partecipazione umana.

Niente di più sbagliato, però, almeno in questo contesto. Mi piacerebbe riusciste a conservare un certo distacco, tenendo sempre ben presente come questo racconto, una sorta di diario postumo venuto fuori dalla mia memoria, tragga origine solo dai miei ricordi, dalle mie esperienze, da qualche flash improvviso, ma anche da quel po' di confusione che non sono riuscito a risolvere.

Tutto viene inevitabilmente filtrato dal mio personale approccio alla realtà, dai miei gusti e dal mio modo di vedere le cose; dai miei errori. Vi pregherei quindi di voler essere empatici, di mantenere un distacco quasi professionale. O quantomeno di provarci: non costa nulla, del resto. Vale anche per me, naturalmente.

Noi siamo qui per raccontare, per rivivere degli eventi, in maniera tale che possano essere conosciuti da tutti. Ma nel farlo dobbiamo cercare di restare il più possibile entro i confini di una dignitosa oggettività. Per questo motivo ho usato il corsivo ogni qualvolta ho consapevolmente deciso di andare *oltre*, esprimendo un parere strettamente e fortemente personale. E non è detto che mi sia sempre ricordato di farlo. Ho anche io le mie simpatie, ovviamente. Il mio personale sguardo sulle cose, così decisivo in queste pagine. No, non è umanamente possibile raccontare qualcosa di così complicato con la precisione e l'imparzialità che meriterebbe. Chi dice di riuscire a farlo è un bugiardo patentato. Io non ci provo nemmeno.

Vi ricordo anche che non c'è garanzia alcuna di una soluzione positiva, e se alcune cose potranno sembrarvi pazzesche ... beh, non posso farci proprio niente. E forse lo sono, non dico il contrario, ma sento di non dover trascurare nemmeno il fatto che la fisica, senza la metafisica, perderebbe il proprio fascino. Che viaggino a braccetto, essendo essenziali l'una per l'altra, come la materia per l'antimateria. Così come realtà e fantasia, appunto, che spesso si confrontano, rendendo quasi impossibile riuscire a distinguerle, in una folle corsa che le vede primeggiare e superarsi, sostituendosi una all'altra.

Lo ammetto, io stesso ho qualche ragionevole remora a proseguire. Non vorrei che mi consideraste un *cacciaballe.* Uno come Zac, per intenderci. Nemmeno un folle, naturalmente. Ma nella vita accadono diverse cose inspiegabili, che spesso divengono chiare solo dopo tanto tempo, oppure solo modificando il proprio punto di vista sulla realtà.

In ogni caso sono giunto fin qui, e fermarsi ora non avrebbe davvero alcun senso. Ho voglia di gettare un fascio di luce, di svelare quei punti oscuri che spesso, un po' per via del tempo che passa, un po' per la volubile natura umana, nessuno si cura più di illuminare, finendo per far cristallizzare quello che si pensava di sapere, assumendolo come verità storica non più soggetta a variazioni sostanziali.

Le cose più strane ed insolite, quelle apparentemente incredibili, o quelle che invece lo sono davvero, avvengono quasi mai per caso. Almeno credo. Esiste la possibilità che dietro l'insieme degli eventi che viviamo, che ci accadono intorno, ci sia una trama tessuta con dovizia. Le variabili, che ne condizionano direzione e dimensioni, dipendono dalla volontà di chi ha buttato giù il progetto, magari con malizia, ma lasciando sempre che giochi un qualche ruolo quella dose di arbitrarietà che a noi stessi piace riconoscerci.

Quello che sto cercando di dirvi, in fondo, non è altro che le coincidenze probabilmente non esistono. O non esistono affatto, se non per andare a costituire la proverbiale ed utilissima eccezione alla regola che si vorrebbe descrivere, senza arrivare mai a violarne i fondamenti di riferimento. In ogni caso parliamo di una possibilità da prendere seriamente in considerazione.

Potreste anche dissentire, e sarebbe un vostro sacrosanto diritto farlo. Non sarò certo io a criticarvi. Me ne guarderei bene, dato che non è questo il mio fine ultimo.

Ora, arrivati a questo punto, cari lettori, credo vi starete chiedendo come tutte queste persone, così diverse fra loro, che non si conoscevano se non di vista, se escludiamo ovviamente qualche normale eccezione, possano aver interagito con risultati nel complesso tutt'altro che positivi. Se non ve lo steste chiedendo, potrebbe essere una buona idea quella di iniziare a farlo.

In ogni caso ci arriveremo, procedendo con calma, e del resto non abbiamo alcuna fretta. Basterà continuare a seguire il filo del nostro racconto, per quanto contorto possa sembrare.

Già che ci siamo, potrebbe essere una altrettanto buona idea quella di staccare un attimo, poggiare il libro, e prendere una bibita fresca, per poi tornare a spaparanzarsi sul divano, distendere le gambe, inforcare gli occhiali - oppure umettare le lenti a contatto - e riprendere esattamente da questo punto, quello dove le varie storie che abbiamo raccontato, trascinate dai personaggi che abbiamo imparato a conoscere, cominciarono a convergere verso un tratto di vita comune. Qualche momento prima che Zac commettesse un piccolo errore, trascurabile, almeno all'apparenza, ma sufficiente per cambiare la sorte di tante persone.

Ben sappiamo che non è facile riconoscere la grandezza di un uomo solo dalla sua statura, e nessuno si sognerebbe, oggi, di sottovalutare la potenza di un invisibile atomo, capace di contenere in sé tanto l'origine dell'infinito quanto l'essenza dell'infinitesimo.

La nostra vita è spesso decisa da piccoli dettagli, ma che fanno la differenza.

12

Mea culpa ...

Dovrei confessarvi che non sono sempre stato sincero con voi, almeno non completamente. Ho omesso alcune cose, non tutte significative. Ve lo assicuro, e vi prego di credermi.

Una però è davvero importante, e sento di dovervi tanto delle scuse quanto delle spiegazioni. Lo faccio in questo momento, con questo mio *redde rationem*, confidando nel fatto che mi perdonerete. Ero sinceramente convinto fosse la cosa migliore da fare, almeno inizialmente. Ma ci ho ripensato, e quindi eccomi quì a tentare di riparare, usandomi un po' di violenza, liberandomi di ogni paura residua, senza alterare una riga di quanto ho già scritto, anche solo per compiacere il mio orgoglio. E vado avanti, fregandomene del fatto che potreste anche prendermi per matto. È un rischio che voglio correre, che sento di dover correre, a questo punto.

Beh, signore e signori: io Kate Freeman la conoscevo davvero molto bene.

Ma non è solo questo, perché io l'avevo vista *quella* foto, quella scattata oltre un secolo prima. L'avevo notata, (*o forse si era fatta trovare?*), nonostante fosse quasi nascosta, persa fra le centinaia di vecchie stampe ingiallite, le stesse delle quali Kate amava circondarsi. Quelle che coprivano qualsiasi mobile della sua vecchia casa. Io sono stato il primo a credere che quella donna di colore, e dai capelli di un'albina, la donna della foto, fosse proprio lei. E ci credo fermamente, anche se quello che resta della mia parte più razionale continua ad urlare il proprio ragionevole disappunto. Ma io ci credo, nonostante tutto. Ci credo perché, proprio quello che può sembrare pura follia, è spesso ad un solo piccolissimo passo dalla verità più probabile, da quella meno attesa.

Era Kate, era lei la donna in piedi, quella al lato della casa. Era lei a guardare chi la stava fotografando, a guardare me, da quella stessa foto, a distanza di oltre cento anni. Come se quella piccola immagine potesse essere il prodotto di una qualche diabolica macchina del tempo, o una specie di varco, capace di unire quel mondo così lontano a quelli che lo hanno seguito. Mi guardava, mentre cercavo di distinguerne i connotati persi fra le mille screpolature della vecchia carta fotografica. E credo anche che mi abbia visto mentre frugavo fra i suoi ricordi e le sue stranezze. Ha sempre fatto finta di niente, anche cento anni dopo, come se tutto, in fin dei conti, fosse assolutamente normale.

È anche probabile che abbia riso della mia intromissione nella sua vita, che avesse sempre saputo che prima o poi l'avrei fatto. Perché tanto lei sapeva tutto, del presente e del passato. Di questo mondo, ma anche di posti che si trovavano *altrove*, e che a noi sono preclusi. Non tutti, non per sempre.

Alla fine sono arrivato a convincermi che quelle foto fossero in realtà vecchie ed attualissime, non necessariamente sempre uguali a se stesse, se capite dove voglio arrivare. Non credo che fossero delle istantanee imprigionate per sempre. Non per Kate almeno, e forse neppure per gli altri. Sono sicuro che, una volta duplicate, dopo un certo lasso di tempo, l'originale e la copia avrebbero finito col differire per più di qualche insignificante particolare.

Io ho sempre creduto a tutto questo, comunque. Così come ho sempre creduto a quello che Kate mi diceva, anche se non sono convinto di aver davvero compreso tutto quello che cercava di trasmettermi, tutto quello che è davvero successo. Perché mai non avrei dovuto farlo? Perché non crederlo? Anzi, se un po' di ciò che è avvenuto mi è chiaro a sufficienza, tanto da provare a raccontarlo in queste pagine, lo devo proprio a lei.

Se non avesse esaudito i miei desideri, soddisfatto la mia curiosità, molte delle righe che avete già letto non sarebbero mai state scritte, e men che meno sarebbero state collegabili alle altre che le seguiranno. Ha illuminato alcuni lati oscuri del nostro passato, interrogando le persone che non possono più raccontare direttamente le proprie verità.

E non è di certo una cosa semplice, richiede tempo, cura, delicatezza ed un dono che solo pochi possiedono. Ho deciso di riportarle con queste pagine, con la stessa pazienza che lei ha avuto con me. Lo faccio perché altre persone possano conoscere quello che è successo.

Potrà sembrarvi strano, ma alla fine ci ho fatto l'abitudine, ed ho trovato un senso a tutte quelle ore spese a studiare sistemi multidimensionali. Non ho mai sostenuto alcun esame di geometria, quando frequentavo l'università di matematica, intendo, e forse proprio perché mi era sempre rimasto un dubbio indelebile sulla reale utilità di tutti quegli spazi ad *n* improbabili dimensioni.

Ma ora credo non esista una sola spiegazione che possa soddisfare la nostra voglia di comprendere l'infinito nella sua incalcolabile interezza, teorica o pratica; tutto quello che non si trova necessariamente nel posto nel quale trascorriamo, o crediamo di poter spendere, la nostra breve esistenza.

Ma non solo, non ho certezza alcuna che il Tempo e lo Spazio siano realmente nati insieme; se davvero esisteva un *prima*; se ci sia stato davvero un Big Bang. O se invece, prima del *nulla*, non ci sia stato qualcos'altro, e che l'universo in espansione, che noi conosciamo e percepiamo come un qualcosa di meno omogeneo di quanto in realtà non sia, non derivi da un altro universo collassato, che a sua volta sia stato preceduto da un numero imprecisato di accumuli di materia ed energia. Se i buchi neri non siano davvero i ventri dai quali vengono partoriti nuovi mondi, non solo infiniti stomaci che inghiottono luce e materia, imprigionandole indefinitamente in un sistema incredibilmente denso. O magari dei semplici, imprevedibili e spaventosi varchi dimensionali, quelli che forse si potrebbero ottenere piegando lo spazio su sé stesso.

Qualunque sia la teoria che prenderete in considerazione, le nostre quattro dimensioni non basteranno mai per spiegare la complessità nella quale siamo immersi, a spiegare quello che ho visto, quello che devo ancora raccontare.

Beh, una vecchia ed amabile fattucchiera mi ha dimostrato che non sarebbe stato tempo perso. E che non era affatto qualcosa di così improbabile, come avevo sempre creduto; non più di quanto lo sarebbe stato, molto tempo fa, supporre che siamo fatti di materia, energia ed elementi piccolissimi, tenuti saldamente insieme dall'elettronegatività. Ero io ad essere troppo miope per coglierne la grandezza, nascosta com'era nella sua originale semplicità.

È ora di andare avanti, se ancora vi va di farlo.

13

Zac era impegnatissimo, come sempre.

Seguiva mille iniziative, cercava di essere presente ovunque, di non far mai mancare la propria presenza fisica, di far pesare ovunque il proprio autorevolissimo punto di vista, in merito a qualsiasi argomento venisse trattato. In un contesto del genere è possibile quasi tutto, anche commettere degli errori, concedersi delle leggerezze.

È possibile anche arrivare a dedicare solo la marginalità del tempo a disposizione a quelli che dovrebbero essere invece gli aspetti più importanti del proprio quotidiano. Sbagliare diventa davvero piuttosto semplice, quasi inevitabile. E Zac commise davvero un errore gravissimo, pur nella sua apparente banalità. Un errore del quale forse si sarebbe potuto anche ridere, un giorno lontano, se non avesse innescato una imprevedibile reazione a catena.

Quello che accadde è piuttosto semplice, pur nella sua tragicità: ascoltando distrattamente i discorsi di una sua vicina, una di quelle sempre molto sul pezzo, anche se poi solo raramente superavano la porta di casa, finì per prendere per buona la notizia che voleva morta la giovane e bella Rosemary Redgrave. La poveretta risultava deceduta nel sonno, proprio la notte che era da poco trascorsa.

Zac prese per buona l'informazione e decise che non ci sarebbero voluti che pochi minuti per liberarsi dell'incombenza capitatagli fra capo e collo, proprio in un momento nel quale era già stracarico di impegni. Del resto, la sfortunata ragazza non aveva parenti, per quanto poteva saperne, e sicuramente non si trovavano in città. Motivo per il quale Zac scrisse in fretta e furia il necrologio da mandare alle stampe il giorno seguente. Lo fece senza alcun particolare approfondimento, uno di quelli ai quali si è invece abituati, almeno da queste parti.

Dovete sapere che è uso comune quello di comporre una sorta di elogio, un collage fatto di pensieri e ricordi di chi conosceva la persona che era venuta mancare. Lo si fa per poter poi pubblicare delle righe più sentite, meno asettiche ed impersonali. Qualcosa di più umano, insomma.

Zac invece inviò quel e-mail esiziale. Chiuse in fretta e furia la pratica, così da potersi dedicare, senza ulteriori seccature, alla politica di mantenimento e sviluppo del suo consenso popolare.

Lo inviò direttamente, senza posticiparlo, come usava fare un tempo, quando ancora riteneva importante verificare l'esatta corrispondenza fra quello che scriveva e la realtà dei fatti. Quando ancora nutriva qualche dubbio sulla propria infallibilità, e si concedeva il tempo sufficiente per fare autocritica, per rimettersi in discussione.

Una fatale disattenzione, evidentemente. Il granello, mica poi tanto piccolo, se consideriamo la delicatezza dell'argomento, che diede la stura ad una incredibile sequenza di eventi concatenati.

14

Rosemary Redgrave non aveva alcuna ragione oggettiva per abbandonare questa terra, sicuramente non in quei precisi giorni. Non che ci avesse mai pensato, d'altronde, nemmeno nei momenti più oscuri. Come abbiamo avuto modo di vedere, era decisamente in salute, non conduceva una vita dissennata, non aveva patemi d'animo o cattivi pensieri. Quelli che prima o poi passano per la mente di quasi tutti, se escludiamo gli stupidi. Quei cattivi pensieri che ci rabbuiano quando le cose vanno storte e ci si sente inadeguati e rifiutati. Ma i più, quelli meno sfortunati, quelli che non sono rimasti soli nel momento sbagliato, vanno avanti e tirano la carretta, con la forza ed il coraggio di cui sono capaci. Forse anche con un po' di consapevole rassegnazione, quella che certifica l'avvenuto passaggio all'età adulta.

Certo, Rosemary era malinconica, lo era a volte, ma cercava anche di affrontare la vita con un sorriso. In quel periodo poi era piuttosto felice. Era riuscita a passare molto del proprio tempo con il giovane fusto della casa di fronte. Finalmente, se vogliamo essere sinceri. Infatti lo aveva inseguito per mesi, ed alla fine lo aveva raggiunto. Ci aveva speso su un bel po' di risorse, tempo e pazienza, investendo tutto su un corteggiamento complesso e spesso silenzioso, ma che alla fine aveva funzionato. Alla grande, visti i risultati.

Avevano passato due giorni fantastici e due lunghe notti molto appaganti, certamente molto meglio di quanto Rosemary avrebbe mai potuto prevedere nei suoi sogni più arditi. Molto più di quanto si sarebbe mai potuta aspettare, specialmente se misurato col metro di giudizio che aveva standardizzato con le proprie esperienze passate.

Beh, credo sia chiaro a tutti come non fosse certamente morta nel sonno: nossignori. Non che in realtà avesse avuto molto tempo per dormire. Se poi fosse stato davvero il suo momento, intendo quello nel quale era effettivamente previsto dovesse lasciare questa terra, penso che Rosemary non avrebbe saputo immaginarne uno più bello. Chi non vorrebbe spirare mentre fa l'amore? Ma resta un sogno, un gusto che, come abbiamo visto, viene concesso spesso a chi meno lo meriterebbe.

In ogni caso non si era mai sentita tanto viva come in quegli ultimi due giorni.

Rosemary non sarebbe nemmeno uscita di casa quella mattina, senz'altro non così presto. Non lo avrebbe fatto se non avesse ricevuto una telefonata che aveva dell'incredibile, e non solo per il contenuto, ma anche per chi si trovava dall'altro capo del filo. L'aveva chiamata una nostra vecchia conoscenza, una che dovreste ricordare bene. Almeno credo. Niente di misterioso, per carità, ma non era frequente che Marianne Hightower le telefonasse. Così presto, poi, era quasi impossibile.

Invece era proprio Marianne, la pettegola patologica. Una di quelle persone che ricambiavano sempre il suo sorriso. Una che, di tanto in tanto, le portava i biscotti appena usciti dal forno, e che poi, non appena lei girava le spalle, la sminuzzava in mille piccoli pezzi.

Marianne, che non era mai passata a trovarla solo per il piacere di incontrarla, o per sapere della vita di tutti i giorni: se stesse bene, se fosse triste o felice. Anche solo per fare due chiacchiere, perché sinceramente interessata alla sua persona, perché magari aveva colto al volo l'occasione, visto che si era trovata a passare proprio da quelle parti.

Marianne, che si prendeva la briga di andare a trovarla solo per vedere se la casa fosse in ordine, per capire se ci fosse un uomo, per poter criticare come andava vestita quando si trovava fra le mura domestiche. Per cercare qualche spunto che potesse soddisfare la sua maligna curiosità. Quel bisogno che non trovava mai una vera soddisfazione. Sempre affamato, perennemente a bocca aperta, come una rumorosa nidiata in attesa del ritorno della madre.

Rosemary lo sapeva, lo aveva percepito immediatamente, dalla prima volta che l'aveva incontrata. Ma l'aveva sempre lasciata fare, un modo come un altro per sopportare persone di un certo tipo. Ci riusciva perché era consapevole che prima o poi sarebbe arrivato il momento migliore, quello nel quale avrebbe chiuso la porta di casa, lasciando finalmente tutte le cose inutili e cattive fuori dal suo universo privato.

Marianne Hightower l'aveva chiamata non appena letto il giornale del mattino, quello del quale aveva bisogno come fosse parte integrante della colazione. Come se fosse essenziale per iniziare la giornata. Sfogliandone le pagine aveva trovato qualcosa di incredibile, che l'aveva spaventata, colpita dritta al cuore, come forse nemmeno lei si sarebbe mai aspettata, concentrata com'era su sé stessa; solo su sé stessa.

E anche in questo, per chi conosceva bene Marianne, si trovavano gli estremi per definire l'eccezionalità dell'evento. Per una volta, una delle pochissime, credo, Marianne non aveva cercato di trarre vantaggio dalla novità. Non aveva speso le proprie risorse per una qualche gratuita nequizia. E questo era un evento di portata comparabile solo allo sbarco sulla luna.

Anche Rosemary si era subito accorta che qualcosa non andava per il verso giusto. Infatti, dall'altro capo del filo, non sentiva la solita voce cinguettante ed un po' fastidiosa. Sembrava invece piuttosto trafelata, sinceramente preoccupata, come se Marianne, per una volta, non avesse avuto realmente dei secondi fini.

Lo si percepiva dal fiatone che le spezzava le parole in gola. Sembrava quasi avesse corso una maratona subito dopo un pranzo luculliano. Conoscendo Marianne non si poteva non rimanere spiazzati. Sempre e prudentemente diffidenti, certo, ma comunque presi in contropiede. Senza ombra di dubbio.

Con quella maledetta telefonata Marianne la avvisava del necrologio dedicatole, condendo il tutto con un centinaio di altre parole che avrebbe potuto tranquillamente evitare. Ma lei era fatta così. Che poi Rosemary nemmeno la ascoltava più, e pensava a quelle poche strane parole, quelle che aveva fissato nella mente, relegando le restanti ad un disturbo di fondo, come quello della musica diffusa dai parrucchieri, i soli che riescano a sintonizzare la radio su frequenze sconosciute a chi non sia del mestiere.

Forse aveva anche chiuso il telefono senza nemmeno salutare, concentrata com'era su quella nuova e strana sensazione.

Rosemary trovava la cosa decisamente disdicevole ed imbarazzante. Macabra. Con molta probabilità si trattava di uno scherzo di cattivo gusto, ma decise di buttarci su due soldi, di farlo comunque. Voleva vedere con i propri occhi, pur essendo già persuasa che Marianne, almeno quelle volta, avesse detto la sacrosanta verità.

Si cambiò in tutta fretta, in fin dei conti doveva fare solo pochi isolati fino allo spaccio. Uscì di corsa, sperando che il suo nuovo amore, che intanto ronfava tranquillamente al piano di sopra, non si svegliasse prima del suo ritorno. Ci sarebbe voluto solo un attimo, non uno di più. Cosa sarà mai, un singolo attimo, davanti a tutta una vita ancora da vivere?

Certe domande prevedono risposte che vanno spesso oltre la banale retorica.

15

Se tutto ciò di cui abbiamo parlato non fosse accaduto, se tutto fosse andato come il *Fato* aveva scritto e controfirmato, gli avvenimenti avrebbero finito per restituirci una realtà completamente differente. Intendo dire che Mary Jane P. Redgrave, l'ultra ottuagenaria e cardiopatica moglie di John Hugecock, che con Rosemary non condivideva nemmeno un insignificante spezzone di *DNA* familiare, avrebbe certamente seguito le ultime orme del suo defunto marito. Quest'ultimo, come ben sapete, era stato un discutibile personaggio, morto tre lustri prima, eroe decorato della seconda guerra mondiale, gran puttaniere e razzista fino al midollo. Bastardo, quanto e più di Wallace. Non aveva certo smesso di esserlo, nemmeno dopo il trapasso, per quello che mi è dato sapere.

Proprio in merito a questo, e per dirla tutta, prima che mi scappi di mente per l'ennesima volta, dovreste sapere ancora qualcosa circa le sue pessime abitudini e le sue imbarazzanti vicende passionali. Erano sempre state cosa nota per l'intero vicinato, del resto, e sicuramente anche per la moglie. Lo dico senza offesa per la sua anima sporca, badate bene, ma a beneficio di chi, fra di voi, si fosse già scordato di lui e delle sue imprese; del suo continuo ed inelegante massaggio apotropaico e dell'inesauribile attenzione che dimostrava per le professioniste del sesso.

Come si impara durante il corso della vita, salvare la faccia, se non il culo, è un dovere imposto da ogni costituzione che pretenda di essere considerata degna di una moderna democrazia. Ed è sicuramente uno dei principi più rispettati, universalmente osservato, ed applicato con rigida disciplina e ferreo attaccamento alle tradizioni.

John avrebbe avuto qualcosa da ridire per l'essere stato trascinato e sbatacchiato come un sacco di patate. Cosa che era avvenuta durante il suo ultimo e movimentato ritorno tra le mura domestiche. Ma i gestori dell'elegante bordello nel quale era spirato al termine dell'ennesima costosa scopata, avevano deciso di ripulire il locale, applicando alla lettera il principio di cui sopra, nascondendo ogni traccia della disgrazia, per poter poi riprendere le normali attività come se niente fosse successo.

Forse anche per salvare la memoria del loro affezionato cliente, ma non ne sarei così sicuro. Lo avevano fatto passare dal cortile sul retro della casa, col favore del buio, cercando di non attirare l'attenzione dei vicini. Lo avevano poi sistemato sul letto, al fianco della moglie, che per via dei sonniferi non si sarebbe mai accorta di nulla. Nemmeno se si fosse trovata a Pearl Harbour durante i bombardamenti.

No, questo epilogo non era conforme a ciò che John avrebbe reputato degno di un eroe di guerra. Ma la vita riserva sempre qualcosa di inatteso, spesso tragicomico, se consideriamo che molte volte ha a che fare con la morte. E poi non è che John, proprio lui, potesse mettersi a farne una questione di morale. Se non altro se n'era andato col sorriso sulle labbra. E che l'inferno non lo rilasci mai più.

In ogni caso la moglie non lo aveva seguito nel passaggio oltre i confini certi di questa vita, anche quando sembrava davvero arrivato il suo turno. Aveva così rimandato, a data da destinarsi, il proprio mancato trapasso. Era stata soccorsa da un medico in pensione, un ex cardiologo capitato, senza sapere come, proprio davanti al suo giardino. Pochi secondi ancora, e Mary Jane non si sarebbe più rialzata dal prato perfettamente rasato, stroncata da un infarto, proprio davanti alle sue profumatissime rose. Quelle alle quali aveva donato tutto l'amore e tutte le parole di una intera vita.

16

Quella mattina sciagurata, non troppo tempo prima che Rosemary decidesse di recarsi alla spaccio per vedere con i propri occhi il necrologio che la riguardava, un vecchio pick-up era partito alla volta della Main Street. C'era stato un tempo nel quale avrebbe potuto sfoggiare un bel rosso brillante e delle cromature da urlo. Da tanto, invece, si reggeva a malapena solo grazie ad un complesso sistema di suture fatte con fil di ferro e rivetti. Nell'insieme lo facevano sembrare affetto da persistente ed impietosa acne giovanile, ma spuntata durante una fase decisamente senile.

Era partito con una certa difficoltà, ed era diretto verso lo store che distava solo un centinaio di metri dalla destinazione di Rosemary.

Al volante c'era J.C. Copeland, noto alcolista. A causa della sbornia perenne che si portava addosso, ma anche del fatto che i postumi di un vecchio e spiacevole incidente lo costringevano a guidare con la sola mano che gli era rimasta, procedeva in maniera incerta, deviando gli ostacoli ed affrontando curve ed incroci solo all'ultimo momento. Se poi aggiungiamo all'assoluta lentezza dei suoi riflessi, sempre pericolosamente assopiti, anche le gomme senza battistrada ed i freni mal funzionanti e squilibrati, il quadro generale balzerà chiaro agli occhi dei più distratti.

Nonostante questo, tutto sarebbe potuto filare liscio, perché la strada era ancora semi deserta, come a testimoniare che Dio, per qualche motivo a noi sconosciuto, sembra spesso guardare gli ubriachi con una particolare indulgenza.

Ma, purtroppo per tutti, Marianne aveva già fatto quella chiamata inattesa, il giornale era andato in stampa con un necrologio che ricordava una persona che era invece viva e vegeta, e Zac non aveva avuto un minimo di dignitosa professionalità nello svolgere il proprio lavoro. Scegliete pure in quale ordine sistemarli, ma il risultato finale sarà sempre e comunque lo stesso: se non si fossero verificati tutti questi eventi, Rosemary non sarebbe mai uscita per prendere il giornale. Non si sarebbe trovata al posto sbagliato, nel momento più sbagliato di un giorno che fino a quel momento aveva creduto perfetto. Non avrebbe nemmeno attraversato distrattamente la strada, proprio mentre un pick-up fuori controllo le stava andando addosso, senza accennare minimamente a fermarsi, senza nessuno che potesse avvisarla, per tempo, del grave pericolo che stava correndo.

Se tutti quei piccoli anelli non si fossero legati in quella specifica sequenza, la bella Rosemary non sarebbe mai stata distribuita sull'asfalto della Main Street, strappata con violenza dalle strisce pedonali. Non sarebbe stata trascinata per cinquanta metri dal brufoloso pick-up di J.C., vecchio e con il sistema dei freni in panne, mentre l'asfalto le consumava il vestito con i colori della primavera, la pelle e poi la carne, arrivando crudelmente fino all'osso. Straziandola al punto dal renderla quasi irriconoscibile, rubandole per sempre la bellezza ed il sorriso. La vita.

E non so se Rosemary possa aver avuto il tempo per assaporare l'ironia della situazione, di valutare la propria esistenza, di struggersi perché veniva rubata a quella felicità che aveva finalmente trovato. O magari di provare una rabbia così profonda da rischiare di impazzirne. Non so se possa aver avuto modo di ridere amaramente dalla disperazione, perché era stata ammazzata ad un passo dal distributore dei giornali che già la ricordavano in un necrologio intempestivo. Kate, che nel preciso istante dell'incidente aveva avvertito un'intensa fitta alle tempie, diceva di sì, con convinzione; ed io le credo.

Ironia o meno, era morta sotto lo sguardo incredulo di Steve Donovan. Già, perché Steve Donovan, che abitava da quelle parti, stava giusto rincasando dopo il solito turno notturno. Aveva appena girato l'angolo, con solo un attimo in ritardo. Era stato distratto dal cellulare, attraverso il quale gli avevano appena notificato l'errore commesso da Zac. Quell'attimo che aveva reso tardivo, ed inutile, il suo urlo disperato.

Tutto era accaduto in pochi secondi, dicevo, solo un attimo prima che *Spanish Johnny* passasse sul luogo dell'incidente, come faceva tutte le mattine, più o meno a quell'ora, quando si dirigeva verso l'ufficio dello sceriffo per prendere servizio. Forse avrebbe potuto fare qualcosa per evitare l'incidente, magari fermando il furgoncino, prima che facesse troppi danni. Ma aveva perso dei minuti decisivi: si era trattenuto per parlare con Angus Petersen, che aveva da poco saputo del necrologio e della presunta morte di Rosemary. Angus, che ne era sempre stato follemente (e segretamente) innamorato, non poteva certo sapere che, da lì a poco, quello che aveva già dato per assunto, si sarebbe di fatto realizzato.

Bob ebbe appena il tempo di contare i brandelli di quello che restava del corpo di Rosemary, di misurare approssimativamente la striscia di sangue e carne che seguiva longitudinalmente la direzione dell'asfalto, che dovette cedere e vomitare l'intera colazione, con buona pace di quelle che erano state delle nuovissime scarpe scamosciate.

Riuscì a riprendersi non senza una certa fatica, e mise in atto le procedure richieste dalla penosa situazione nella quale si era venuto a trovare. Bloccò il traffico e chiamò la centrale per chiedere aiuto. Poi si avvicinò al pick-up, che intanto aveva chiuso la sua corsa contro un gruppo di panchine in ferro battuto. J.C., piegato sul sedile, ancora premeva sul petto l'unica mano rimastagli. Quel maledetto dolore non sembrava proprio volersene andare. Fu portato d'urgenza al centro di primo soccorso della contea, proprio mentre il medico legale era già per strada, con l'ingrato compito di lavorare su quello che restava di Rosemary.

J.C. passò alcune settimane in terapia intensiva prima di trasferire la propria residenza in una delle celle presenti sotto l'ufficio dello sceriffo. Aveva già avuto modo di vedersi ufficialmente contestati i vari reati commessi. Comprenderete come, il resto della vita di J.C., si fosse deciso proprio in quel preciso momento. Anche se l'interessato realizzò la cosa solo molti anni dopo.

L'accusa più grave, fra le diverse che pendevano sulla sua testa, era quella di omicidio. Per via dei suoi precedenti e della recidività, avrebbe passato tutto ciò che restava della sua misera vita da assassino, e futuro ex alcolista, all'interno di una cella minimalista, con l'unica speranza che gli lasciassero vedere il cielo. Ma solo di tanto in tanto.

Posso arrivare a supporre quanto potesse essere grato di non riuscire a ricordare con precisione tutto ciò che aveva fatto. Probabilmente, quei terribili momenti, erano stati rimossi dalla sua memoria, o magari criptati in qualche angolo oscuro del suo cervello dislessico.

Ma poco importava, perché più nessuno sarebbe stato disposto ad ascoltarlo o a concedergli una nuova occasione.

17

Zac, facendo ricorso alla propria natura liquida, aveva sfoggiato per l'ennesima volta le sue prodigiose "spallucce morali". S'era scrollato di dosso qualsiasi responsabilità attribuibile alla sua disdicevole condotta umana e professionale. Lo aveva fatto riversandone le conseguenze etiche, ma anche pratiche, sul povero ed occhialuto turnista, uno degli ultimi anelli della componente umana di produzione. Quello che si occupava di raccogliere i servizi che i vari corrispondenti inviavano al sistema centrale.

Era infatti Steve Albert Donovan, detto Stevie, ad indirizzarli ai settori di competenza, affinché potessero prendere correttamente la via della stampa. Era suo l'ultimo *click*, o uno degli ultimi, prima che tutto venisse impaginato e poi fagocitato dal cervellone e dalla linea di stampa. Da quel momento in poi non era più possibile tornare indietro, per nessun motivo al mondo.

Non sorprenderà sapere che Zac, come sempre, ne era uscito pulito. E non c'è davvero molto di cui meravigliarsi. Nemmeno dovrebbe scandalizzarvi sapere come fosse stato trasformato in una specie di seconda vittima dello spiacevole incidente. I motivi erano poi diversi, ma, alla fine di un lungo giro di giustificazioni, si finiva sempre col battere sullo stesso chiodo: era colpa di un sistema non adeguato alle sue capacità, certificate, gradimento alla mano, dalla stima incondizionata di una pletora di sostenitori molto determinati.

Ancora una volta, anche in quel frangente, il genere umano era riuscito a ripetersi, dimenticando le vere vittime, giustificando i carnefici, e dando la colpa al capro espiatorio più facilmente immolabile sull'altare dell'opinione pubblica. Quest'ultima, al solito, ha sempre un certo debole per ogni Barabba che le si pari davanti. Specialmente quando pensa di potersi godere panorama e spettacolo, anche sporgendosi solo un po' dal belvedere sul Golgota.

Insomma, alla fine dei conti nessuno pagò realmente per le proprie colpe. Se escludiamo J.C., naturalmente. La vita tornò a scorrere lentamente, scivolando via come se quasi nulla fosse davvero accaduto. Ma era solo apparenza, perché c'erano delle nuove ferite da curare, delle cicatrici da nascondere. E poco importava che un po' tutti facessero finta di nulla, o forse solo non riuscissero a parlarne.

Kevin andò via subito dopo i funerali di Rosemary, credo verso ovest, ma non ne sono sicuro; di certo non lo videro più da quelle parti. Bob Colarusso, superato lo choc dell'incidente, riprese a girare con la sua Buick d'epoca ed a sparare a manetta i pezzi di Springsteen. Ma non passò più per la *Main*, se non obbligato dal servizio; né acquistò più scarpe scamosciate.

Solo Marianne Hightower e Kate Freeman, fra le persone che abbiamo conosciuto, piansero a lungo per la povera Rosemary. Per quel che ne so io, naturalmente. Potremmo includere anche Angus, che aveva lasciato passare una di quelle famose coincidenze astrali, e che magari, se avesse avuto un po' più di coraggio e tempismo, ci avrebbero fatto raccontare una storia completamente diversa.

Marianne, dal canto suo, era devastata, sorpresa da un inaspettato senso di colpa per quanto di cattivo aveva sempre vomitato nei confronti di Rosemary. O forse perché aveva davvero capito che, se non avesse mai fatto quella maledetta telefonata, con ogni probabilità non sarebbe accaduto alcunché. E da allora smise di essere quello che era sempre stata. Si chiuse in sé stessa, escludendo il resto del mondo dalla propria vita.

Kate pianse perché aveva conosciuto e voluto bene a Rosemary, quella brava ragazza che più d'una volta era andata da lei per cercare qualcosa, o forse solo sé stessa. Rosemary aveva sempre creduto in Kate, nel suo straordinario *dono*. In quella capacità di aiutare chi ha il bisogno viscerale di superare i limiti del sistema nel quale siamo immersi, di trovare delle risposte a delle domande che tormentano l'anima, che non danno pace. E con le risposte trovare conforto, la forza per andare avanti con un sorriso.

Sì, credo che Kate fosse la più fortunata fra tutti quelli che avevano voluto bene a quella sfortunata ragazza, perché era l'unica che avrebbe continuato a sentirla davvero vicina a sé. Però pianse lo stesso, perché ogni vita è qualcosa di meraviglioso, unico ed irripetibile.

Forse pianse anche J.C., ma non ne sono molto sicuro. So per certo che non si fece tutti gli anni di galera che gli erano stati assegnati dalla corte. Una mattina, pochi anni dopo i fatti che ancora dobbiamo raccontare, quel maledetto dolore al petto era tornato. Si era ripresentato per l'ultima volta, portandoselo all'inferno, o in qualunque altro posto o dimensione parallela destinata ad ospitare anime corrotte.

Nessuno reclamò mai il corpo.

18

Esistono dei principi inviolabili, delle regole che non possono e non devono essere eluse, specialmente se non si è disposti a pagare l'alto prezzo che tali incauti comportamenti potrebbero imporre; se non si è pronti a farsi carico delle conseguenze che derivano da ogni nostra azione.

Potrà sembrare spaventoso, e forse lo è davvero, almeno nella misura in cui ci mette in gioco, proprio perché ogni nostra scelta ha spesso un peso superiore a quello che troppo frettolosamente gli attribuiamo. Ha effetti e conseguenze che è quasi impossibile prevedere. Non tutte negative, certo, e sarei completamente d'accordo con questa osservazione. Ma purtroppo non è il nostro caso, almeno nei suoi tratti più significativi.

Era stata la superficialità di Zac a permettere una cosa tanto stupida come la creazione e l'invio di un mail che non sarebbe mai dovuto esistere. Era stato proprio questo ad alterare l'ordine naturale delle cose, a dare origine a degli eventi che altrimenti non si sarebbero mai realizzati. Una apparente banalità che ha prodotto nuove e differenti realtà, che hanno preso il posto di altre che non sarebbe stato più possibile vivere. All'origine di tutto c'è stato il primo fattore chiave, ciò che ha messo in moto un meccanismo micidiale, una inarrestabile forza dedicata unicamente a ristabilire e far rispettare le regole: il secondo fattore chiave; esattamente quello di cui dobbiamo parlare adesso. Il più complesso, almeno per me.

Mi trovo nella difficile situazione di dover raccontare qualcosa che precipita le proprie radici in terreni pericolosamente dinamici, che di fisico hanno davvero poco, che richiamano conoscenze, credenze ed entità che superano la mia capacità di comprensione. Che vanno oltre i cardini che la mia formazione culturale ha posto, e che mai avrei creduto si sarebbero mostrati un giorno in tutta la loro pochezza. Pur essendo forse la persona meno adatta, proverò a raccontare ciò che ho appreso, cercando di farlo nel miglior modo possibile, l'unico che mi pare possa essere sufficientemente chiaro.

Ed inizierò così, senza quasi credere a ciò che scrivo, perché non avevo mai ritenuto che ci potesse essere altro oltre questa, meravigliosamente misera, vita.

Sì, inizierò proprio così, perché non saprei trovare qualcosa di meglio, non in questo momento: Kate lo chiamava *Fato* (e credo di averlo già menzionato, nelle pagine precedenti).

Potreste anche immaginarlo come una sorte di *triste mietitore*, una alta e poco rassicurante figura dotata di falcione, se vi va. Forse, associarlo ad una delle tante immagini che abbiamo fatto nostre durante una vita, creata per fagocitare l'idea dell'esistenza di un soprannaturale terribile e vendicativo, potrebbe essere davvero di qualche aiuto. Qualcosa che temiamo così tanto, almeno quanto ne abbiamo bisogno, durante la nostra permanenza in questa insignificante porzione di universo.

Potrebbe servire a dare consistenza a ciò che supera ampiamente i limiti della materia, i vincoli spazio-temporali che ci inchiodano al nostro metro di misura della realtà, un po' come la gravità fa con i nostri corpi in prossimità della Terra.

Ma non credo affatto sarà sufficiente, perché al massimo sarebbe una delle tante forme, delle diverse vesti, con le quali si è presentato all'umanità nei corsi dei millenni e che forse, come la stessa immagine del mietitore, potrebbero non essere altro che espressioni di vita superiori alla nostra, diverse, difficilmente comprensibili nel momento del primo contatto.

Alieni? Sì, forse sto parlando di alieni. Perché no? Anche di loro, ma non solo, perché non ci stiamo più mettendo limiti, perché stiamo cercando di staccarci dal suolo, di vincere la gravità, di smettere di girare intorno alla Terra, come fa la Luna, per lo stesso identico e vincolante motivo, strozzata da una lunghissima ed invisibile catena che, se non la fa precipitare sul suo pianeta di riferimento, non le consente di poter esistere altrimenti. Meglio ancora, quello di cui parlo potrebbe averci a che fare, ma non è assolutamente detto debba essere questa l'unica spiegazione plausibile. È una possibilità fra quelle che ho preso in considerazione, fra le infinite che si muovono frenetiche in quel gran contenitore che chiamiamo *Ignoto.*

Ci spaventa così tanto, ma è solo ciò che ancora non si conosce, e non qualcosa che non potrà mai essere svelato. Come fosse un'opera troppo a lungo nascosta sotto un telo impolverato e che nessuno ha il coraggio o la forza di rimuovere. E fantastichiamo, immaginandola come più ci piace, potendoci basare solo su profili approssimativi.

Per Kate, che *poteva capire e vedere,* era un qualcosa di spontaneo ed immanente, spirito e materia allo stesso tempo, pura realtà presente da qualche parte in un qualche universo, oppure sempre ed ovunque. Inizio e conclusione. Qualunque sia la filosofia che vi ispira, la chiave di lettura che vorrete dare al percorso seguito da ciascuna vita, pensarlo casuale, non determinabile perché deciso dalle nostre azioni, oppure già preconfezionato a priori, tanto da costringerci ad una inevitabile passività, tutti arrivano sempre e comunque alla stessa identica destinazione, al dover collocare quella data pedina all'interno di una sede che, in quel preciso instante, non ne accetterebbe una differente. Che crediate all'esistenza di un progetto, oppure siate fermamente convinti che esista un destino che ciascuno di noi può costruire con la propria forza di volontà, dobbiamo prendere atto del fatto che esistono forze superiori, regole, dimensioni, che hanno una forte influenza sulle nostre esistenze. E con le quali dobbiamo fare i conti, prima o poi.

Kate mi disse che il *Fato* aveva posato il suo sguardo su di noi. E lo fece guardandomi negli occhi, stringendomi la mano, trasmettendomi un brivido che ero sicuro avesse già attraversato il suo corpo. E l'ho visto, vi giuro che *ho visto* ciò che mi voleva dire. Ed ho avuto una paura fottuta.

Non c'era più margine per supporre una casualità, non in quel frangente, perché tutto era una diretta conseguenza dell'alterazione di ciò che sarebbe dovuto essere e non era stato, di una variazione inspiegabile nel naturale svolgimento di quanto era atteso e non doveva essere altrimenti. Una sorta di scambio alla pari, un'anima per un'altra.

Una vita per un'altra, senza che questo fosse stato preventivamente messo in conto. Come se ci fosse stata una smagliatura nella tela che lega tutte le nostre esistenze e che Zac, con il suo deprecabile comportamento, l'avesse involontariamente utilizzata.

Ma non sarebbe durata a lungo, e Kate lo aveva predetto: <<... *non c'è più tempo. Tutto sta per realizzarsi* ...>>.

Era davvero una mera questione di tempo, più che di percorso, e il *Fato* di cui parlava Kate lo sapeva bene. Ne aveva a disposizione una quantità infinita. Non avrebbe aspettato, non questa volta, se Kate aveva davvero ragione. E non si sbagliava mai.

Forse vi starete chiedendo quanto tempo ci sarebbe effettivamente voluto. Allo stesso modo, forse, starete iniziando a percepirne distintamente il peso, l'importanza. E' qualcosa sulla quale non ci soffermiamo mai abbastanza, eppure il *Tempo* è quanto di più prezioso si possa immaginare di possedere.

Non ci credete ancora? Penso lo si possa capire davvero solo una volta che ci si è liberati dall'attaccamento alle cose, al contingente. Una volta focalizzata l'attenzione su quelle veramente importanti. Non esiste oro, pietra preziosa o altro bene di valore che possa reggere il confronto. È solo quando sta per esaurirsi, quando non ce n'è più a sufficienza per realizzare i nostri sogni, per riparare ad un errore commesso, per baciare il proprio figlio, per poter ammirare un tramonto mozzafiato, che ci accorgiamo di quanto abbiamo incautamente dilapidato.

Solo allora ci si rende conto di cosa importi veramente nell'esistenza di ciascuno di noi, e di come spesso lo si consumi inseguendo chimere impalpabili, ignorando che l'inesorabile suo scorrere sia l'unica cosa che influisca sostanzialmente sul budget di un'intera vita.

Chi è riuscito a farne buon uso potrà dire di aver vissuto realmente. Per gli altri l'esistenza non sarà stata altro che un improvviso fuoco fatuo. Magari immenso, accecante, ma sempre e comunque breve, inconsistente, vano come lo è la speranza di conservare per sempre la propria bellezza giovanile.

Forse il libero arbitrio sta proprio in questo. Anche in questo. Sta nella consapevolezza e nel decidere di seguire la strada migliore fra tutte quelle che raggiungono comunque una stessa meta. Ma lo ritroviamo anche nel nostro DNA, nel quale sono contenute tutte le informazioni che ci servono per vivere, per poter diventare quello che siamo. Nonostante ciò, il risultato non sarà mai perfettamente identico a quello atteso, perché non siamo l'espressione diretta ed unica di un testo preciso, bensì uno dei tanti possibili racconti nascosti fra righe fatte di filamenti modulari ed invisibili.

In ogni caso non esiste via di scampo, perché il tempo che abbiamo a disposizione non è infinito, anche se siamo sempre disposti a credere il contrario. Viviamo come se fossimo realmente convinti di essere eterni. Invece si tratta solo di spendere bene i battiti di ciglia che abbiamo a disposizione, di vivere ciascun momento sino in fondo.

Credo che alle volte *il Fato* si compiaccia di introdurre qualche insignificante variabile in un copione già scritto, probabilmente solo a grandi linee, per le nostre esistenze. Per aggiungere un sapore un po' diverso ad un gusto che conosce fin troppo bene. Per far passare un po' di quel (suo) tempo, che pare non esaurirsi mai.

Alle volte penso sia proprio così.

Beh, che ci crediate o meno, alla luce dei fatti, ne impiegò davvero poco per abbandonare il tavolo degli scacchi *(se mi concedete l'uso di questa immagine)* e rendersi conto che era stata la condotta di Zac ad interferire col suo passatempo preferito. E questo non gli piacque affatto, potete starne certi, qualsiasi cosa voi pensiate circa la millenaria diatriba che ruota intorno alla possibile esistenza di una umana autodeterminazione. E di tutto quanto è stato già detto in merito, ovviamente.

Per quanto ne so, per bocca di Kate, il vecchio John, uno che avrebbe potuto avere voce in capitolo, non aveva certo smosso le acque perché tutto tornasse come era previsto nel copione iniziale (non penserete ancora che l'*aldilà* non esista, per caso?). Non aveva mai avuto alcuna intenzione di richiedere indietro quella babbiona della moglie, sostituita nel trapasso proprio quando sembrava arrivata la sua ora. Non che quella fosse davvero la destinazione finale della povera donna, una che di sofferenze ed amarezze ne aveva avute più che a sufficienza nella propria vita, tanto da aver lavato con calde lacrime la strada per il paradiso. O qualsiasi altro posto che la potesse comunque tenere a debita distanza dal marito. Per l'eternità, e anche di più.

Se credete abbia un senso parlare realmente di inferno o paradiso, o qualcosa di simile, ovviamente.

Ma il rischio, per John, era comunque alto, e proprio perché spesso non conosciamo mai abbastanza a fondo le persone che abbiamo avuto al nostro fianco. No, non premette affatto, tutt'altro.

E' andata proprio così, e non scherziamo su queste cose, in ogni caso. L'inferno ci può anche stare, specialmente per chi ha combattuto una guerra, e potrebbe quindi non essere il peggiore dei posti possibili. Ma rischiare di ritrovarsi eternamente tra i piedi la donna con la quale era già stata spesa una vita di non amore, sarebbe francamente esagerato. Sicuramente insopportabile.

Non tutti sanno, o ricordano, come fosse stato costretto a sposarla quando erano entrambi ancora giovanissimi. Lo fecero per sanare le rispettive posizioni, compromesse da una gravidanza non prevista, da un bambino concepito durante una delle pochissime licenze che gli erano state concesse. Senza che si fossero mai fidanzati o amati davvero, senza che uno potesse pensare all'altra senza provare una punta di fastidio. Restare incinta, in quelle condizioni, era una cosa scandalosa ma piuttosto frequente, in quei tempi, quando ci si lasciava andare a gentili concessioni amorose, per pietà dei possibili morituri d'oltre oceano, oppure, più semplicemente, perché si era buone e disponibili, non solo con il cuore. O perché si era sempre troppo soli.

John non vide mai quel bambino, così almeno si diceva. Alcuni sostenevano fosse avvenuto a causa di una serie di penose e non meglio precisate circostanze. La cosa si era poi complicata, perché la consorte, durante tutta la restante parte della guerra, era andata a stare da alcuni lontani parenti, tornando poi da sola, senza bambino e senza spiegazioni.

Da quel giorno si era chiusa in sé stessa, proteggendosi dietro un silenzio quasi tombale. John non aveva mai pianto per l'indifferenza mostrata dalla moglie, né per la lontananza, o quando aveva pensato che non sarebbe mai più riuscito a tornare a casa dal fronte. Anche meno per la mancanza di quel pargolo che non avrebbe mai conosciuto. Pativa più che altro un vago senso di vuoto, di tanto in tanto. Qualcosa di molto raro e molto vago. Come un rutto che sgonfiasse il ventre del suo vergognoso istinto paterno.

Erano davvero brutti tempi: non tutti ballavano come Fred Astaire. La Guerra è una cosa tremenda, spesso stupida. Segna profondamente gli uomini, rendendoli più spigolosi. Sempre che abbiano la forza e la fortuna di uscirne vivi e mentalmente sani, ovviamente. La maggior parte delle volte tornano ancora più figli di puttana di quanto già non fossero prima di partire per il fronte. John era senza ombra di dubbio, ed a pieno titolo, uno di questi ultimi.

Eccomi, sto nuovamente divagando. Dicevo? Ah si, ora ricordo: scusate.

Quello che Kate chiamava *Fato*, e che riesco a rappresentare solo come un sistema che mira a riportare ordine là dove si sviluppa il Caos, voleva, ed in fondo doveva, sbrigare quella spinosa ed imbarazzante pratica. Una situazione che mai e poi mai avrebbe pensato di ritrovarsi a dover trattare. La cosa sarebbe dovuta avvenire al più presto, come previsto. E c'era anche una ragionevole spiegazione per questo: così come avviene in Terra, anche all'Inferno, o in una qualsiasi altra dimensione che non ci appartenga, ma che possa attraversarci in un *dove* ed un *quando*, un caso del genere avrebbe potuto costituire un pericoloso precedente. Era quindi della massima importanza provvedere in merito, riportando ogni cosa al proprio posto. Non saprei come spiegarlo meglio con i mezzi e le conoscenze in mio possesso, trovandomi a descrivere situazioni che vanno ben oltre le esperienze del mio vissuto. Spero possano bastarvi.

In ogni caso qualcosa doveva pur succedere, si trattava solo di aspettare, e poi sarebbero stati chiari a tutti sia *il come* che *il quando*. Di certo il *Fato* era già sulle orme di Zac e della sua anima non troppo pulita. Verrebbe da gridare un "*Santo Cielo!*", ma forse sarebbe oggettivamente troppo, e ci ritroveremmo a giocare su un terreno che nulla ha a che vedere con la nostra vicenda, confondendo ancora di più delle acque già piuttosto torbide.

19

Come forse avrete già immaginato, il percorso del nostro racconto piegherà decisamente verso Zac ed il suo mondo apparentemente immutabile.

Ho già ho avuto modo di accennare di come la sua vita avesse ripreso a scorrere tranquillamente lungo i soliti binari. Zac infatti continuava a furoreggiare, e lo faceva senza provare un briciolo di rimorso per la propria condotta, senza fermarsi una sola volta per scavare più attentamente fra le pieghe della propria coscienza.

Forse, e spreco consapevolmente un "forse" perché con Zac era d'obbligo essere possibilisti, quella stessa coscienza era solo saltuariamente infastidita da un retrogusto amaro, una piccola fitta per quella gaffe che aveva scatenato il rovescio di eventi negativi che ben conosciamo. Ma non credo che la cosa, per Zac, potesse andare oltre un vago prurito che lo affliggeva per via di quei brutti ricordi. Quelli che teneva prudentemente segregati in un recondito angolo della propria memoria. Quello più oscuro e remoto.

Eppure quegli eventi si erano spinti l'un l'altro, come in una lunga sequenza di immense sfere di Newton. Si erano succeduti, ed avrebbero continuato a farlo, inevitabilmente, per cercare di concludere quel nuovo ciclo che era stato così incautamente avviato. Uno, fra gli infiniti che possono aver luogo, o che si stanno realizzando, e che, almeno questa volta, avrebbe trovato la propria conclusione nello stesso identico punto dal quale tutto aveva avuto origine.

Zac arrivava dagli studi classici, e non sono affatto certo potesse sapere che, per quanto lo si possa pretendere elevato, il numero delle sfere realmente ammissibili sarà sempre e comunque finito, impietosamente piccolo, molto più di quanto il nostro ottimismo non ci porti a credere. Al poliedrico e geniale Robert Hooke, originario dell'isola di Wight, ne bastarono tre, e non che Zac potesse pretenderne troppe di più.

Era l'anno di grazia 1666, proprio quello che gli annali ricordano per via del grande incendio che divorò Londra. E proprio a Londra, il grande scienziato, che da alcuni anni curava il laboratorio sperimentale della Royal Society, con l'ausilio di un semplice pendolo da lui stesso ideato e costruito, poté dimostrare le teorie sulla *conservazione dell'energia* e *della quantità di moto* ai membri della prestigiosa istituzione, riunitisi per assistere all'applicazione pratica di quanto proposto - in via del tutto teorica - da Isaac Newton.

L'esperimento di Hooke si basava su alcune piccole sfere, identiche fra loro, per forma, massa e dimensioni, legate a dei fili sottili, tutti esattamente della stessa misura, vincolati saldamente, e con estrema precisione, ad un piccolo cavalletto. Proprio come quei giochini che troviamo sulle scrivanie di mezzo mondo, dove finiscono con l'impolverarsi, fra l'indifferenza generale, patendo lo stesso destino che spesso si accanisce su capolavori frettolosamente sottovalutati.

Purtroppo per Zac, l'ultima sfera restituisce l'energia cinetica accumulata, direttamente, senza apparenti sconti, proprio a quelle grazie alle quali l'ha accumulata. E lo fa tornando a sbattere sulla sfera che la precede, invertendo inesorabilmente il flusso degli eventi. Inducendo un movimento nella stessa direzione, ma nel verso opposto, implacabilmente indifferente alla volontà ed alle aspettative degli uomini, soggetta solo alle proprietà della forza che l'ha prodotta, all'elasticità dei corpi, alla resistenza che incontra nella dimensione nella quale il tutto si realizza. Ovunque questa dimensione possa venirsi a trovare. Gli uomini e le donne interessati, gli oggetti che li circondano, attraversati da questo flusso, trasmettono l'energia, interagiscono, pur restando apparentemente placidi, esattamente come le sfere comprese fra le due che si trovano agli estremi del pendolo. Le uniche a muoversi. Diversamente dalle sfere, però, gli esseri umani non saranno più quelli che erano un attimo prima che tutto si realizzasse. Ed alcuni potrebbero essere costretti, volenti o nolenti, ad abbandonare un sistema che, inevitabilmente, si dovrà fermare (*No, non ci siamo collocati nel vuoto, e non possiamo sperare in un moto infinito. E non che questo possa essere necessariamente qualcosa di fantastico, da augurare a sé stessi ed agli altri*).

Sempre che qualcosa o qualcuno non avesse deciso di fermarlo anzitempo, quel piccolo sistema, ovviamente. Ma gli effetti sarebbero potuti essere ancora peggiori, come abbiamo avuto modo di capire. In ogni caso non avvenne.

E così, silenziosamente, nell'apparente pace che sembrava aver riavvolto la cittadina, il flusso delle energie aveva iniziato a correre in senso opposto, e continuava a trasmettersi senza una pietosa soluzione di continuità, attraversando una sfera dopo l'altra.

Per questo motivo, quella sera, accadde quello che andrò a raccontarvi. Era esattamente la sera nella quale il *Fato*, e buona parte di quelli ai quali Zac stava poco simpatico, e che a causa della sua condotta avevano subito danni ed umiliazioni, ottennero qualcosa di molto vicino ad una sorta di soddisfazione. Forse troppa, e non dovremmo gioirne affatto, perché ogni esistenza è essenziale, ma anche perché c'è un po' di Zac in tutti noi.

L'importante è riuscire a dominarlo.

20

Zac era piuttosto in ritardo, ed il sole era già tramontato da un po'. Aveva fatto bisboccia con alcuni amici. Non era qualcosa di infrequente, e non ci sarebbe stato nulla di male, in ogni caso.

Guidava verso casa, e nel mentre storpiava sguaiatamente le canzoni del suo autore preferito. Poesie in musica, *sad ballads*, testi quasi parlati, che raccontavano come pochi le infinite miserie della natura umana. Come capita un po' a tutti, anche Zac le starnazzava pensando che quelle stesse storie si riferissero sempre e comunque ad altri. Che parlassero solo delle debolezze e degli errori altrui. Mai a quelle che invece sono, anche e soprattutto, le nostre colpe, le nostre angosce, le nostre croci.

Pioveva quella sera, una pioggia di quelle davvero fitte, con gocce a forma di piccoli aghi, stretti gli uni agli altri. La visibilità era diminuita notevolmente, all'improvviso, cogliendo un po' tutti alla sprovvista. Per chi era alla guida la cosa poteva essere davvero fastidiosa, e decisamente pericolosa.

Ma Zac era sereno, ebbro di vino e di sé stesso (*questo anche quando era più sobrio*), abbastanza lucido da ricordarsi di dover ancora spedire la nota per il compianto Angus Petersen, morto poche ore prima in un incidente di lavoro, in un luogo non troppo distante da dove lo stesso Zac aveva passato la serata.

La cosa gli aveva permesso di sbrigare il tutto in meno di una mezz'ora, giusto il tempo di farsi un'idea e buttare giù due appunti. Ma anche di tornare rapidamente al proprio posto, davanti al bicchiere, e riprendere al volo il timone di una serata che stava dominando grazie alla sua brillante personalità e ad una verve in stato di grazia. Almeno a giudicare dai visi degli interlocutori, che per la maggior parte avevano gradito, dando sempre chiari segni di apprezzamento. Questo aveva contribuito, e non poco, a rendere ancora più ampia e lucente la coda da pavone che Zac usava agitare, con grande soddisfazione ed orgoglio, nei suoi momenti migliori.

Un primo pezzo da mandare al giornale era già pronto da un po', bastava solo farlo partire dallo smartphone. Per i dettagli ci sarebbe stato tempo. Nel mentre poteva bastare il suo consumato *copia* & *incolla*, quello che richiedeva la modifica di alcune parole, giusto il minimo per poterlo adattare alla bisogna. Spesse volte aveva funzionato. Ma quella sera le cose andarono in maniera decisamente differente.

Zac aveva tenuto una velocità piuttosto sostenuta, anche a dispetto delle mutate condizioni del tempo. Superata una curva, sfruttando un breve rettilineo, prese lo smartphone e richiamò con qualche *tap* il client di posta integrato nel suo mobile. Bastò un battito di ciglia, quello sufficiente per trovare il tasto di invio, ed assicurarsi che il destinatario fosse corretto.

Sì, giusto un battito di ciglia, un solo breve battito, che non gli consentì di vedere immediatamente come il suo ultimo rettilineo si stesse concludendo sopra un grosso masso di granito. Premette sul pedale del freno con tutta la forza che aveva, chiuse gli occhi ed aspettò un impatto che sembrava inevitabile.

Zac non ebbe il tempo di apprezzare in un solo attimo la propria vita, come invece accade sempre nei film. E ne rimase sorpreso, suppongo, perché ci aveva sempre creduto. Non ebbe l'occasione ed il gusto di compiacersene, ammirandone l'invidiabile complessità, cosa della quale era sempre stato particolarmente fiero. Non ebbe nemmeno quello di effettuare l'ultimo tap, già innescato dal suo cervello e trasmesso inutilmente all'indice della mano destra, più o meno nel momento stesso in cui aveva avuto la netta sensazione di aver incrociato il furgone di un Angus Petersen apparentemente in buona forma.

Lo soccorsero immediatamente, rintracciandolo grazie alle luci posteriori dell'auto. Erano rimaste accese e visibili, anche per chi non fosse arrivato dal suo stesso senso di marcia. I primi ad intervenire, quelli che avevano assistito all'interminabile frenata, erano già psicologicamente pronti a trovarsi davanti un'auto distrutta, con il motore che doveva aver sfondato i sostegni che lo reggevano, prima di entrare completamente nell'abitacolo. Si aspettavano di trovare l'autista piegato in modo innaturale, magari con il corpo spezzato in più parti. Ancora vivo, forse, ma straziato ed irrecuperabile. Magari un cadavere insanguinato ed un viso schiacciato contro l'airbag, per nascondere il suo aspetto, distorto da un incredibile dolore.

Invece nulla di tutto questo: assolutamente ... niente.

Zac aveva ancora le mani strette sul volante, seduto come se aspettasse il verde del semaforo. Dipinta sul viso una stranissima espressione. Non di dolore, non deformata dallo spavento, se avete un'idea di cosa voglio dire, ma piuttosto di profondo, incredulo, disperato stupore. Forse perché aveva compreso che la sua avventura umana si era conclusa; forse per la delusione di essere stato preso dalla morte quando meno se lo sarebbe aspettato. Stroncato da un malore che lo aveva fulminato, nonostante fosse miracolosamente riuscito ad arrestare la sua monovolume bianca, proprio a pochi centimetri dall'enorme blocco di granito sul quale, manuali di fisica alla mano, si sarebbe dovuto sfracellare. Invece regnava solo un profondo ed inconsolabile stupore.

Aveva capito di essere stato gabbato, rubato a questo mondo quando era convinto di avercela fatta, quando avrebbe potuto tirarne fuori una storia da prima pagina, con un finale che gli sarebbe piaciuto parecchio poter scrivere.

Certo, anche questa volta non sarebbe stato conforme alla realtà. Una realtà che gli era stata cambiata proprio sotto gli occhi, all'ultimo momento, come un subdolo e rapidissimo contrappasso. Un istantaneo gioco delle tre carte, troppo veloce perché potesse rendersi conto in tempo della fregatura. In ogni caso non avrebbe avuto la possibilità di cambiare le cose, non questa volta.

Era morto quando pensava d'essersela cavata; era morto senza la minima ferita, quando tutti si aspettavano di trovarlo orrendamente sfigurato; era morto sapendo che, per l'ennesima volta, l'unica scarna verità era così differente da quella che avrebbe voluto, da quella che avrebbe riportato, se solo avesse potuto. Ma anche che sarebbe stato qualcun altro a riempire quello spazio sul giornale, utilizzando non una riga in più, non un carattere di troppo rispetto a quelli concessi, nel pieno rispetto di quelle poche ma essenziali regole che lui da troppo tempo aveva smesso di seguire.

Compresa quella di raccontare le cose per quelle che sono.

Zac, in cuor suo, aveva sempre creduto di poter controllare tutto della propria vita, e molto di quella degli altri, di saper dominare il tempo e gli eventi. Di poter determinare come sarebbero andate le cose. Di riuscire sempre a farla franca.

Inutile dire che si sbagliava.

21

Steve, regolarmente seduto davanti allo schermo di uno dei terminali di ricezione nella sede del giornale, vide arrivare il messaggio inviato dalla casella postale di Zac. Giusto un *record* all'interno di una tabella, una notifica in evidenza proprio sopra quella che confermava come il buon Angus Petersen se la fosse cavata con solo qualche graffio. La cosa smentiva così le voci sul suo decesso, circolate non appena si era diffusa la notizia di come fosse rimasto coinvolto in un incidente di lavoro nei pressi della tenuta dei McCarty.

Un attimo dopo passò a leggere il mail di Zac, naturalmente con la giusta apprensione che l'esperienza gli suggeriva, memore delle furibonde polemiche che seguirono il mal augurante necrologio per la povera Rosemary. Stevie si trovò davanti a qualcosa di sorprendente e sconcertante. Restò pietrificato, indeciso sul da farsi. Durò fatica per non farsi venire una crisi d'ansia.

Il messaggio del mail era più o meno questo, così come io lo ricordo, e sulla base di come me lo riportarono: "*Nella tarda serata di oggi, dopo anni di scorretta attività, discutibili servizi giornalistici, utilizzo personale dei mezzi di informazione, mistificazione della realtà e completo disprezzo di tutta l'umanità che lo ha circondato e tediato, il noto reporter Zac Monroe ha perso la vita in circostanze non ancora del tutto chiare. Si pensa ad un malore che lo avrebbe colpito mentre era alla guida della propria auto.*"

Il malcapitato Stevie impiegò diversi minuti per riprendersi, quindi si gettò alla ricerca del cellulare, che era sempre in qualche posto diverso da quello nel quale era certo di averlo poggiato. Sperava fosse solo uno scherzo, certamente di pessimo gusto, qualcosa per la quale andare in bestia, magari, ma comunque uno scherzo.

Proprio mentre Steve componeva freneticamente il numero di Zac, in un altrove, il *Fato*, con un impercettibile sorriso tutto interiore, tornava al proprio posto davanti alla scacchiera. Aveva finalmente un nuovo avversario, e la partita si preannunciava carica di allettanti aspettative. Non ci avrebbe rinunciato per nulla al mondo.

Si percepì una vibrazione continua. Il *Fato* frugò dentro quello che sembrava un grande mantello, pur senza averne l'apparente consistenza, e tirò fuori un curioso apparecchio luminoso e colorato. Lo guardò, forse incuriosito da quell'oggetto così primitivo, e poi lo toccò, prima di riporlo per sempre.

<<*Era per te*>>, disse a Zac, con una voce che sembrava arrivare da molto lontano, seppure chiarissima, lasciandogli aprire la partita per la dannazione eterna. Una partita che lasciava poco spazio alla suspance.

Poi girò la clessidra, resettando il tempo e lo spazio. Le sfere del pendolo si arrestarono di botto, per poi ripartire, avviando un nuovo ciclo.

22

Il resto è storia, anche se ci sarà sempre un altro Zac, pronto a raccontarla come più gli farà comodo. Ma credo che, una prossima volta, saremo tutti un po' più preparati e consapevoli. Spero anche meno disposti ad accettare delle regole sbagliate, ostinatamente contrari al voler dare facile credito alla pettegola di turno o all'opportunista cronico.

Credo anche che, nonostante i tanti errori che vengono commessi ogni momento, nonostante tutta la sofferenza che ci circonda, ci possano comunque essere i margini per creare un mondo migliore. Anche partendo dalle cose apparentemente più piccole e scontate. Basta volerci provare.

Credo ci siano anche dei piccoli segni, ma significativi. Come un fiore che viene fuori da una crepa nel cemento, che non si arrende al grigiore che lo circonda, e che alla fine ottiene il proprio spazio. Anche quando nessuno ci avrebbe scommesso un dollaro.

Un fiore, che può anche essere una fattucchiera di colore, con i capelli rubati ad una albina, ma che ha dentro di sé il senso della Vita, la capacità di capire e vivere le mille dimensioni delle nostre complesse realtà, di adattarsi, staccandosi da quello che è solo materiale e che col tempo scolorisce e si disintegra, lasciandoci con i sogni a metà.

So che forse sarete mossi a compassione ripensando a Zac ed alla sua fine. Ma basterà attendere solo qualche secondo, e troverete mille buoni motivi per fregarvene. A lui sarebbe piaciuto, ed è un buon modo per ricordarlo, senza doversi produrre in un elogio funebre, apologia carica di banali e melense falsità.

23

Quasi dimenticavo di dire ancora un paio di cose.

Cercherò di riparare al fotofinish, sperando mi scuserete ancora una volta. Sono certo però che andranno a completare il quadro degli eventi dei quali abbiamo avuto modo di parlare.

L'incidente, e mi riferisco a quello nel quale era stato coinvolto il buon Angus, aveva davvero causato una morte. Non certo quella del gigante biondo. La vera vittima era il povero Orson, un maiale spropositato in termini di fame, fama e curiosità. Noto per essere stato allattato e cresciuto da una mucca, era amato ed apprezzato in tutta la zona. Fuggito per l'ultima volta dalla fattoria dei McCarty, aveva vagato per un po' per le campagne, e poi si era arrischiato sulla strada, poco prima di finire contro il trattore di Angus, che aveva oramai perso le speranze di trovarlo per ricondurlo dentro il recinto. Ma Zac non lo aveva capito, per via dei troppi bicchierini buttati giù, della stanchezza, della fretta, e di una buona dose di quel menefreghismo che ne aveva segnato l'esistenza.

C'era qualcosa che il buon Steve – Stevie – Donovan non avrebbe mai sospettato. Non voglio certo prendere il posto di quella che era stata Marianne Hightower, almeno prima dell'incidente che coinvolse la bella Rosemary. Anche perché non invento proprio nulla, ve lo posso assicurare. Ritengo sia giusto sappiate che la macchina rosa, quella con la quale Stevie si era recato alla festa, non era mai stata l'alcova della madre dell'occhialuto informatico, ma bensì del padre. Quest'ultimo, già da diversi anni, aveva una relazione con un certo Tim Grossman, conosciuto quando entrambi arrotondavano esibendosi come Drag Queen in alcuni locali oltre confine. La storia andava avanti, senza grossi scossoni, e senza curarsi troppo di coprire le tracce, all'insaputa di quasi tutti, tranne quelli che abitavano nello stesso quartiere, ma stavano dall'altra parte del palco. Avevano riconosciuto subito la macchina, parcheggiata nell'area riservata ai locali, grazie al suo scandaloso colore ed ai suoi interni assolutamente pacchiani.

Per quanto riguarda il fedifrago John, invece, e per una più fedele visione d'insieme, sarebbe bene precisare come egli, quando era ancora in vita, avesse sempre pensato di poter furoreggiare, di poter avere tutte le donne che voleva, riuscendo però a mantenere immacolata l'immagine domestica, così come la propria onorabilità. Non sapete di quanto avesse sbagliato i propri egoistici calcoli.

Il fatto che non avesse mai visto il figlio, quello per il quale non aveva mai provato il minimo sentimento paterno, non significava affatto che questo non fosse nato, e che non fosse vivo e vegeto. Lo è ancora oggi, grazie a Dio.

È un grande jazzista, bravo e quotato come lo era stato il padre ai tempi della guerra. Quando si era follemente innamorato di Mary Jane P. Redgrave. Ma, come ho avuto modo di dire nelle pagine precedenti, quelli erano tempi duri e gestire determinate situazioni era davvero difficile. Mary, una volta rimasta incinta, lo aveva allontanato, per non rivederlo mai più. Si era vergognata profondamente, pentita per quell'avventura di una notte, per essersi data a quel bastardo di John, senza nemmeno sapere bene il perché. E aveva creduto fosse il padre del bimbo che portava in grembo. Per questo lo aveva sposato, per nessun altro motivo al mondo avrebbe fatto una cosa del genere.

Solo dopo il parto, e con al dito l'anello di uno sconosciuto che non amava e che forse non sarebbe mai più tornato dalla guerra, si era ritrovata fra le braccia un bellissimo bambino di colore.

Conclusione

Per quanto mi riguarda, già da tempo non capito più da quelle parti. Per via degli impegni, sicuramente, ma anche perché, tornando, proverei un penoso languore. Ne sono certo, perché io sono fatto così.

Devo dire, però, che l'aver raccontato tutto, forse in maniera un po' confusa, d'accordo, magari anche intricata, in certi passaggi, mi ha comunque aiutato a “staccare”, a sentirmi finalmente leggero, libero da un peso. Mi ha aiutato a metabolizzare un disagio, a cambiare vita, anche se Rosemary, la bella Rosemary non c'è più, e non ha più senso versare delle lacrime, quando posso ancora ricordare il suo fantastico sorriso.

Ma tornerò, prima o poi, per farmi una birra con Angus, mentre aspettiamo che il sole abbandoni l'orizzonte, o per guardare qualche vecchio concerto del Boss, preso a caso dall'immensa collezione di Bob. Ma, soprattutto, tornerò per vedere Kate, perché lei sarà ancora in giro, ne sono sicuro. Andrò a trovarla, ben sapendo che quelle vecchie foto, che non potrò non guardare, non saranno più le stesse di una volta, pur senza essere mai state cambiate.

Per adesso, almeno per adesso, mentre osservo rapito il movimento delle sfere del mio piccolo pendolo da tavolo, mi va di canticchiare, perché mi sento sereno.

“*When I hear that robin sing, well I know it's coming on spring ...Ooo-we and we're starting a new life. I've been shovelling the snow away, working hard for my pay ... All I gotta say is we're starting a new life, starting a new life ...* ”.

Fine.

L'Autore

Nicola Careddu. Nato a Sassari nel gennaio del 1972.

Informatico di professione (si occupa di networking e sistemi), è alla sua prima pubblicazione. Si presenta con il suo primo, piccolissimo, lavoro. Un esperimento, sotto tutti i punti di vista, ma anche un pretesto per arrivare a capire cosa ci sia, realmente, dietro una pagina scritta.

Contatti: nicola.careddu@gmail.com nicola.careddu@pec.it

Ringraziamenti e varie

Grazie a mia moglie ed ai miei figli, che mi hanno sempre sopportato, e che hanno trovato il modo di giustificare tanto la mia assenza fisica quanto la mia cronica distrazione.

Grazie ai miei genitori, con la speranza che questo racconto non certifichi, senza lasciare adito a dubbi, come i sacrifici affrontati per farmi studiare fossero in realtà inutili. Non bastasse il dispiacere per non aver mai saputo aggiungere quella "lira che mancava per mettere da parte il milione".

Grazie di cuore.

Nicola Careddu – Luglio 2013

I fatti raccontati sono frutto di fantasia, riferimenti a fatti o persone sono, pertanto, del tutto casuali.

L'illustrazione di copertina è di *Tiziana Manchia,* alla quale vanno i giusti ringraziamenti: per il tempo che mi ha dedicato, e per il risultato finale.

Il testo originale è stato scritto con l'ausilio della suite *Apache Open Office 3.4.1. -> 4.0.1.* (Sito: http://www.openoffice.org/it/download/)

Viva l'*Open Source* e coloro i quali lo rendono disponibile a tutti.

Riferimenti:

Pagina 7: tratto dall'Enciclopedia Treccani online
http://www.treccani.it/enciclopedia/robert-hooke

Altro su Robert Hooke:
http://it.wikipedia.org/wiki/Robert_Hooke

Un frammento, per ogni singolo capolavoro

Proverò a tradurli, come meglio posso. Spero apprezzerete la buona volontà. Grazie ad *Alessandra Fara*, per il suo prezioso supporto linguistico.

Cap. 1 - ("Death in two legs" - Queen, 1975)
"Feel good, are you satisfied?
Do you feel like suicide (I think you should)
Is your conscience all right?
Does it plague you at night?
Do you feel good? ... feel good!"

"Stai bene, sei soddisfatto?
Vorresti suicidarti? (penso dovresti)
La tua coscienza è a posto?
Ti tormenta di notte?
Ti senti bene? ... stai bene! "

Cap. 2 - ("Ironic" – Allanise Morissette, 1995)
"Well, life has a funny way of sneaking up on you,
when you think everything's okay and everything's going right.
And life has a funny way of helping you out,
when you think everything's gone wrong and everything blows up in your face"

'Beh, la vita ha uno buffo modo di sorprenderti alle spalle,
quando pensi che tutto sia a posto e che tutto stia andando bene.
E la vita ha uno buffo modo di tirarti fuori dai guai,
quando pensi che tutto sia andato storto e tutto ti esploda in faccia"

<u>*Cap. 3*</u> *- ("Johnny 99" - Bruce Springsteen, 1982)*
"Well your honor, i do believe I'd be better off dead.
And if you can take a man's life for the thoughts that's in his head,
then won't you sit back in that chair
and think it over, judge, one more time
And let 'em shave off my hair and put me on that killin' line"

"Bene, vostro onore, credo che sarebbe meglio io morissi.
E se può prendere la vita di un uomo per i pensieri che ha nella sua testa, allora non sieda su quello scranno, e ci pensi, giudichi, ancora una volta. E lasci che mi radano i capelli, che mi preparino per l'esecuzione."

<u>*Cap. 4*</u> *- ("Like a rolling stone" - Bob Dylan, 1965)*
"You used to laugh about
Everybody that was hangin' out
Now you don't talk so loud
Now you don't seem so proud"

"Eri solita ridere di chiunque stesse sbarcando il lunario.
Ora non parli a voce così alta.
Ora non sembri così altezzosa"

<u>*Cap. 5*</u> *- ("Simple Man" - Lynyrd Skynyrd – 1973)*
"Boy, don't you worry... you'll find yourself.
Follow you heart and nothing else.
And you can do this if you try.
All I want for you my son,
is to be satisfied"

"Ragazzo, non ti preoccupare ... troverai te stesso.
Segui il tuo cuore e nient'altro. Puoi farlo, se ci provi.
Tutto quello che voglio per te, figliolo, è che tu sia soddisfatto."

<u>Cap. 6</u> - (*"Mr. Tambourine Man" - Bob Dylan, 1975)*
"Hey! Mr Tambourine Man, play a song for me,
I'm not sleepy and there is no place I'm going to.
Hey! Mr. Tambourine Man, play a song for me,
In the jingle jangle morning I'll come followin' you"

"Hey! Mr Tamburino, suona una canzone per me,
Non ho sonno e non ho intenzione di andare da nessuna parte.
Hey! Mr. Tamburino, suona una canzone per me,
Nel mattino tintinnante io ti seguirò."

<u>Cap. 7</u> - (*"Honky Tonk Women" - Rolling Stones, 1969)*
"I met a gin soaked, bar room queen in Memphis,
She tried to take me upstairs for a ride.
She had to heave me right across her shoulder
'Cause I just can't seem to drink you off my mind"

"A Memphis ho incontrato una regina da bar, sbronza di gin,
Ha provato a portarmi al piano di sopra per una *cavalcata.*
Mi ha dovuto quasi portare sulle spalle ... perché
sembra proprio che non riesca a toglierti dalla testa neanche con l'alcool."

<u>Cap. 8</u> - (*"Incident On 57th Street". Bruce Springsteen – 1973)*
"Good night, it's all tight Jane
I'll meet you tomorrow night on Lover's Lane
We may find it out on the street tonight baby
Or we may walk until the daylight maybe"

"Buona notte, è tutto a posto, Jane
Ci vediamo domani sera sul Viale degli Innamorati
Piccola, potremmo scoprirlo stasera, per strada
o potremmo camminare fino all'alba, forse"

Cap. 9 - *("Hells bells" - AC/DC, 1980)*
"I'm a rolling thunder, a pouring rain
I'm comin' on like a hurricane
My lightning's flashing across the sky
You're only young but you're gonna die"

'Sono (un) tuono che avanza inesorabilmente, (una) pioggia battente.
Sto arrivando come un uragano
Il mio fulmine attraversa il cielo
Sei ancora giovane, ma stai per morire"

Cap. 10 - *("Pigs on the Wing" - Pink Floyd, 1977)*
"If you didn't care what happened to me,
And I didn't care for you,
We would zig zag our way through the boredom and pain
Occasionally glancing up through the rain.
Wondering which of the buggars to blame
And watching for pigs on the wing"

"Se non ti preoccupassi per quello che mi è successo,
E io non tenessi a te,
Ce ne andremmo a zigzag per la nostra strada, tra noia e dolore,
un'occhiata su, ogni tanto, attraverso la pioggia.
Chiedendoci a quale farabutto dare la colpa.
E stando attenti ai maiali in volo."

Conclusione - *("Starting a new life" - Van Morrison, 1971)*
"When I hear that robin sing
Well I know it's coming on spring
Ooo-we and we're starting a new life
I've been shovelling the snow away
Working hard for my pay

All I gotta say is we're starting a new life"

"Quando sento quel pettirosso cantare ...
beh, so che sta arrivando la primavera
Oooh, abbiamo ... e stiamo iniziando una nuova vita.
Ho spalato via la neve, e lavorato duro per la mia paga.
Tutto quello che ho da dire è che stiamo iniziando una nuova vita"

www.ingramcontent.com/pod-product-compliance
Ingram Content Group UK Ltd.
Pitfield, Milton Keynes, MK11 3LW, UK
UKHW020127250726
13967UKWH00002B/519